백설마녀의
달콤살벌
연애 레시피

백설마녀의
달콤살벌
연애 레시피

초　　판 1쇄 펴낸 날 2016년 6월 15일
개정판 1쇄 펴낸 날 2021년 7월 17일

지은이 백설마녀
펴낸이 이금석
기획·편집 박지원
표지디자인 제이로드
내지디자인 김경미

펴낸 곳 도서출판 무한
등록일 1993년 4월 2일
등록번호 제3-468호
주소 서울 마포구 서교동 469-19
전화 02)322-6144
팩스 02)325-6143
홈페이지 www.muhan-book.co.kr
e-mail muhanbook7@naver.com
가격 16,000원
ISBN 978-89-5601-760-0 (03810)

남녀 연애 심리를 모두 알려주는 연애 정답지
모쏠 구원, 연애 중 장애물 ALL 슈퍼 패스

백설마녀의
달콤살벌
연애레시피

백설마녀 지음

무한

프롤로그

"안녕하세요~ 설탕이들~! 백설마녀입니다^^♡"
라는 인사말과 함께 매주 새로운 영상을 찍어올리는
저는 연애유튜버입니다.

처음 이 책을 내기 위해서 저는 블로그에 약 100편의 글을 썼었고
그 글들을 2015년, 여기 '무한출판사'에서 출간 해주셨습니다.

그때 2015년에도, 지금 2021년에도
제 딸들의 출생과 함께 다시 이 책이 나온다니 뭔가 신기하네요.

완전히 새로운 책을 출판하고 싶었으나
저의 구독자님들(설탕이들)께서 옛날 저의 책을 너무나 궁금해하셔서
일단 2015년 당시 저의 첫 책을 그대로 다시 출판하기로 했습니다.
(2015년 집필, 2016년 발간)

그래도 조금은 수정하고 싶은 욕심에
6년 전 그때처럼 임신한 몸으로 초판 원고를 붙잡고 있다가

이 책의 초판본을 무려 5만원, 10만원에 샀다는 설탕이들의 댓글을 보고
얼른 이 일을 마무리 지어야겠다 싶어 원고를 다시 읽어보았습니다.

세상이 조금 바뀌었을지언정 저의 생각은 크게 바뀌지 않았던 것 같아,
결국 큰 수정 없이 초판 그대로 다시 증쇄하기로 결정했습니다.

그동안 이 책이 다시 나오길 너무나 긴 시간동안 기다려주신 설탕이들에게
도, 그리고 저에 대해 아무것도 모르신 채 이 책을 집어 들어주신 독자님들
에게도 '재미있는 연애책'이 됐으면 좋겠습니다.

이 책을 위해 귀한 돈, 귀한 시간 써주신 만큼
앞으로 귀한 인연을 만나 행복하시길 간절히 기도드립니다.

언제나 저를 지지해주는 저의 남편님, 저의 가족들, 친구들
사랑합니다.

2021년 여름, 연애공학석사 백설마녀 올림

프롤로그

남녀 심리에 대한 끝없는 고찰

　살면서 그다지 식욕도 물욕도 없던 나였지만 '사람 욕심'은 있었다. 그래서 여자든 남자든 한번 꽂히면 온종일 그 생각뿐이었다. 덕분에 여중, 여고 때는 '여자 심리'에 아주 빠삭했고, 내가 속한 학급의 분위기는 나의 보이지 않는 손에 좌지우지됐었다.

　남자가 가득한 공대 졸업 후, 남자가 넘쳐나는 회사에 입사하면서 '여자 심리'에 대한 감은 좀 떨어졌지만 '남자 심리'에 대해서는 어느 정도 알게 됐다고 자부한다. 여중, 여고 때 학교에 수다 떨러 갔던 나는 공대에서도 마찬가지였다. 틈만 나면 남자들 틈에 끼여 '여자 얘기'를 했다.

처음부터 산타를 믿지 않을 정도로 조숙했던 나는 "아기는 어떻게 생겨요?"란 질문 대신 "아빠는 왜 계속 엄마를 사랑해?"라고 물었다. 아기가 어떻게 생기는지 어른들이 제대로 말해줄 리가 없고, 아빠와 엄마가 사랑하는 것이 당연한 일이 아니라는 걸 알 정도로 영악했다.

내 나이 서른을 바라보고 있건만 여전히 뜨거운 부모님 사이를 지켜보며 나는 '영원한 사랑'을 믿게 됐고, 어떻게 해야 그것이 가능한지가 여전히 내 평생의 연구 과제이다. 내가 '영원한 사랑'을 믿을 수 있게 만들어준 부모님께 감사하고, 감히 내가 이런 책을 쓸 수 있도록 자신감을 심어준 내 남편에게도 감사한다. 더불어 내 딸도 외할머니와 엄마 팔자를 닮아 더 멋진 남자를 쟁취하길 바라며, 이 책을 그녀와 이 땅의 20대 여인들에게 바친다.

2016년 여름 백설마녀

목차

3교시
당신의 썸남이 어장남인 이유

6교시
지 팔자 지가 꼬고 있는 여자들에게

7교시
설렘을 유지하려면 ⑲

에필로그
연애를 글로 배우지 마라 278

일러두기
펄떡이는 연애 상담 현장을 날것 그대로 담은 책이므로 비속어와 귀여운(?) 욕설이 난무하니 마음 약하신 분이나 철벽녀, 건어물녀들은 마음의 준비 단단히 해주시기 바랍니다. 이 책은 성공한 여성, 행복한 여성을 위한 것이 아니라 '이성에게 인기 많은 여자'가 되기 위한 책이오니 괜한 분쟁은 지양해 주십시오

1교시
시작이 반이다

올해도 가는데 시집갈 수 있을까

누굴 만난다는 건 어려운 일이야

커피 소년 〈장가갈 수 있을까〉

01

모태솔로에게 전언
- 뭐든 처음이 어렵다

사랑의 전도사였던 나의 20대 초반. 그때 내 입에 달고 살았던 얘기는

"그냥 사귀면 안 돼?"

"제발 좀 그냥 사귀어!"

20살 꼬맹이(모태솔로)들이 썸을 타면서 마치 결혼을 앞둔 것처럼 고민할 때, 난 옆에서 숨이 넘어가는 줄 알았다. 속으로 생각했다.

'어차피 나중에 깨지고 울고불고할 거야. 걔랑 결혼 안 해, 바보야! 걍 사귀고 끝내.'

이런 말이 목구멍까지 올라왔다. 하지만 어차피 깨질 거라고 말하면 사귈까 말까 하는 그 바보 같은 고민에 기름을 붓는 격일 것이다.

그렇다. 모태솔로(이하 모쏠)들은 몇 살이든 그런 생각에 빠져 있다. 지금 사귀면 결혼할 거란 생각. 첫사랑이랑 결혼하는 이야기가 판을 치는 한국 드라마와 일본 만화책 때문일까. 시작도 안 하고 이게 마지막일 거

란 착각에 빠져 있다. 이건 예외가 없다.

그 부담스러운 결혼 생각이 다양한 연령대의 모쏠들 발목을 붙잡는다. 첫사랑 상대를 찾는 게 아니라 평생의 반려자를 선택하는 일이기 때문이다. 남자의 ㄴ(니은)도 모르는 주제에. 제발 정신 차리길 바란다. 그 사람이랑 결혼 안 한다! 진짜로 첫사랑이랑 결혼한다 치면 그래, 좋지 뭐. 뭐가 그리 걱정인가?

요즘은 10대의 이성교제가 꽤나 보편화되어서 예전에 비해 20살 중에선 모쏠을 찾기 힘들 것 같다는 생각도 든다. 하지만 나(06학번) 때만 해도 20살이 됐을 때, 모쏠이 압도적으로 많았다. 특히나 내가 다녔던 대학의 여학생들은 지금 만나도 순진하다 싶은 친구들이 많다(대학교의 개방적인 정도는 자취생의 비율에 비례하는데, 내 모교는 통학생이 많았다).

그래도 혹시나 남아 있을 지금 '20대 초반' 모쏠들에게 전한다. 지금부턴 무.조.건. 빨리 시작할수록 좋다. 넘치는 호기심으로 다양한 경험을 해보라. 하지만 누구를 만나든 올바른 피임(콘돔)만큼 중요한 것은 없고, 나를 힘들게 하는 사람 or 상황이면 절대 200일을 넘기지 말고 헤어지길 바란다.

그리고 아직도 남아 있는 '20대 중반(23~26세, 셋, 넷, 다섯, 여섯 사받침이 들어가면 중반이다)' 모쏠들에게 전한다. 아직도 예뻐질 생각이 없는가? 꽃다운 20대 초반에 주변 남자들이 그대를 가만뒀는가? 어리다는 이유 하나만으로도 반짝거리는 그때 연애를 시작 못했다면 도대체 언제 시작할 수 있을까? 예전에 TV채널 tvN에서 반영된 〈롤러코스터 남녀 탐구생활〉이라는 인기 프로그램이 있었다.

〈대학생활 남자편〉

1학년 남자, 1학년 여학생들과 놀아요.

2학년 남자, 1학년 여학생들과 놀아요.

3학년 남자, 1학년 여학생들과 놀아요.

4학년 남자, 1학년 여학생들과 놀아요.

상황이 이러한데 당신이 꽃다운 20대 초반을 지내면서, 연애 한 번 안해봤다면 반성해야 된다. 20대 모든 남자들이 어리단 이유 하나만으로도 20~22살 여인들에게 흑심을 품고 있을 때, 당신은 그 순간조차 관심을 받지 못했다는 것이다. 기회가 없었다는 건 거짓말이다. 예쁜 애들은 어떻게든 생긴다. 자신이 다음 중 일부 또는 모두 해당되는 것은 아닌지 생각해 보자.

☑ 평소에 안경을 끼고 다닌다(수업 또는 업무시간이 아닌데도).

☑ 화장을 해본 적이 없다.

☑ 구두를 신어본 적이 없다.

☑ 치마를 입어본 적이 없다.

☑ 거울 앞에서 진지하게 내 얼굴의 장단점을 찾아본 적이 없다.

☑ 전신거울 앞에서도 내 몸매의 장단점이 어딘지 모른다.

☑ 본인 가슴이 무슨 컵인지도 모른다.

지금 나이에 고등학생 같다는 말 들으면 칭찬 아니다. 동안이라는 뜻이 아니라 그만큼 여성적 매력이 없다는 뜻이다. 혹은 드라마와 만화에 빠져 남자에 대한 환상이 지나치거나, 근자감(근거 없는 자신감)으로 밑도 끝도 없이 철벽을 쳐대면서 인기 황금기를 그냥 보내고야 말았다. 이런 경우는 남자들 사이에서 자신의 매력지수가 얼마인지 관심도 없고, 이기적인 눈높이를 가지고 있다. 요약하면 외모에 관심 없는 건어물녀 또는 남자에 대한 그릇된 환상을 가진 철벽녀가 된 것이다.

20대 초반에 이러면 귀엽고, 가르치는 맛이라도 있지.

20대 중반에도 아직 이러고 있으면 아무도 당신을 쳐다보지 않는다. 정신 차려라!

'20대 후반'에 들어선 모쏠들에게는, 솔직히 할 말이 없다.

모쏠이 아니어도 연애한지 5년이 넘었으면 정상 연애 세포수가 모쏠과 차이 없다. 20대 초반 한창 예쁠 나이에 어쩌다 운 좋게 애인을 사귀었고, 그 기억 하나로 지금껏 버텼다면 당신의 연애력(力)은 모쏠과 진배없다는 뜻이다.

이제 이 나이쯤 되면 외모 여하 상관없이 애인 있는 사람은 늘 있고,

없는 사람은 늘 없다. 고기도 먹어본 놈이 먹는다고 남자를 안 사귀어봐서 그게 뭐가 좋은지도 모르겠고, 없어도 지금껏 행복했다. 인정하라. 당신은 남자를 만날 의지가 전혀 없었다.

'기껏 남자 사귀겠다고 다이어트? 그딴 거 안 해.'

'미용실? 화장? 사람처럼 해서 다니면 됐지. 그런 건 혹시나 애인 생기면 할 거야.'

'소개팅? 해외여행이나 학원 다니는 게 더 재밌어.'

이런 사람은 그냥 지금 내 글을 읽을 필요가 없다. 당신은 이미 그렇게 꽤 긴 시간을 보냈다. 결혼은 해도 되고, 안 해도 그만인 시대다. 그냥 그렇게 쭉 즐겁게 살면 그만이다.

사실 나는 당신을 바꿀 자신이 없다. 20대 후반까지 모쏠인 경우, 고집이 매우 센 편이기 때문이다. 모쏠의 제1특징은 '고집이 세다'는 것이다. 인정하는가?

02

솔로생활이 길어진 당신에게 직언 5가지

모태솔로인 20대 초반, 솔로 생활이 3년 이상 된 20대 중반, 5년 이상 된 20대 후반들이여.

1. 웃는 연습해라.

여자는 웃을 때 예뻐야 된다. 당신을 거울 앞에 앉혀 놓고 채찍질하고 싶다. 하루에 웃는 셀카 100장 찍기! 실천하자. 거울 보고 웃어봐라. 거울 안 깨지나? 정말 안 되겠거든 미소가 완성될 때까진 웃을 때 손으로 입이라도 좀 가리자. 이상하게 웃지 좀 마!

2. 대접 받고 싶은가?

너를 공주 대접해줄 호구 애인을 기다리느라 아직 솔로인가?
너보다 못생긴 남자 만나라.

3. 잘생긴 남자 만나고 싶은가?

살 빼라.

피부와 머리에 돈을 들여라.

세상에 공짜 없다.

아무 노력 없이 한국에 멸종위기인 훈남을 만나시겠다?

그 이기심 좀 어떻게 안 되겠니?

4. 똥차 갔는데 벤츠가 안 오는 이유가 궁금해?

네가 아직 똥이라서.

or

네가 똥차 만날 시간에 딴년들이 다 벤츠 타고 날랐다.

여자의 나이는 남자의 돈만큼 소중하다.

여자의 나이는 남자의 돈만큼 소중하다.

여자의 나이는 남자의 돈만큼 소중하다.

허튼데 시간 낭비 그만해라. 똥 묻는다.

5. 예뻐지긴 싫고, 내 있는 그대로를 사랑해줄 남자를 만나시겠다?

너보다 못생긴 남자 만나라.

03

아직도
당신이 모태솔로인 이유

앞에서도 한번 언급했지만 모태솔로 제1특징은 '안 꾸민다'가 아니라 '고집이 세다'는 것이다. 그래서 솔직하게 말하면 지금 내 나이(20대 후반)까지 모태솔로인 '동성 친구'는 별로 만나고 싶지 않다. 고집이 세도 너~~~무 세다.

연애 블로거인 친구가 있으면 뭐하는가? 내 말은 개똥으로도 귓등으로도 안 듣는다. 그리고 이제 나한테서 나올 말은 '독설'뿐이란 걸 알고, 썸남이 생겨도 아예 내 앞에서 남자 얘기를 안 꺼낸다. 그게 무슨 친구 사이인지 모르겠다.

〈나의 독설에 대응하는 그녀들의 말과 속마음〉

"그 남자한테 무슨 사정이 있겠지." (아냐, 그 남자는 널 좋아해.)

"그래도 내면이 중요한 거 아냐?" (귀찮아, 화장 안 할 거야.)

"내 모습 그대로를 사랑해줄 남자 만날 거야." (힘들어, 살 안 뺄 거야.)

"내가 알아서 할게." (싫어, 그 남자한테 계속 매달릴 거야.)

20대 후반까지 모태솔로로 살면, 나 같은 친구가 있어도 나라님이 와도 구제를 못한다. 그대로 33살까지 솔로로 가실 확률이 높다. 왜? 남자에 대한 환상이 너무 크니까! 잘생기고 돈 많은 남자가 자신의 내면만을 바라봐 줄 거라는 그 고집, 그 이기심. 역지사지는 국에 밥 말아 먹을 때 같이 말아 처먹은 그 마음.

그러니까 제발 늦어도 20대 중반에는 꼭 모태솔로를 탈출하시길 바란다. 남자랑 한번 사귀어 보고, 별 드러운 꼴을 다 보고 남자에 대한 환상이 깨져야만 한다.

'남자들한테는 예쁜 게 착한 거구나. 착한 게 예쁜 게 아니구나.'

이걸 깨달아야 한다.

물론 첫 연애 끝나고 나서 꼭~ 하나같이 하는 말들이 있다.

"나 다신 남자 안 만나."

이건 개구라다. 한번 연애의 맛을 본 사람은 어떻게든 또 남자가 생긴다.

처음이 어려운 거니까, 그 어려운 시작을 나이 들어서 하지 말자. 안 그래도 어려운데, 왜 나이 들어서 사람 피 말리는 '첫 연애'를 하려고 하는가? 그러지 말자. 아직은, 헤어지고 나서 위로해줄 친구들이 많은 20대 중반에라도 시작하자. 늦었다고 생각할 때가 진짜 늦은 거라는 박명수 옹의 말씀을 허투로 듣지 말자.

04
도대체 남자는
어디서 만나나요?

어디서 만나긴! 여기가 아마존이야? 예쁘면 다 생긴다. 여중, 여고, 여대 다녀서 없다고 하지 마라. 여중, 여고 다닐 때 반에서 제일 예쁜 애들 생각 해봐. 다 애인 있잖아? 여대는 내가 안 가봐서 모르겠지만 마찬가지 아닌 가?

지금 어디서 공대 출신이 배부른 소리하냐고 하고 싶을 수도 있겠다. 물 론 내가 공대생이니까, 꽤나 비정상적인 곳을 나와서 이렇게 큰소리 뻥뻥 칠 수 있다는 거 안다. 인문대를 다니는 여자의 괴로움을 듣고 한때 컬처 쇼크를 받았더랬다.

대학 시절 중앙도서관 매점에 서 있었는데 앞에 있는 여학생 둘이서 막 재잘거리고 있었다.

"너 오늘 그 보라색 후드(남자) 봤어? 어떡해~ 어떻게 말 걸지?"

이렇게 귀여운 고민을 하고 있었다. 충격이었다. 대학(공대)에 입학하고 나서 여자가 그런 고민을 하는 걸 처음 봤다.

내가 있는 곳에서는 여자들이 이런 고민을 한다.

"A, B, C, D, E, F가 있는데 누굴 사귀지? 그냥 G랑 사귈까?"

아직도 생각나는 어떤 여 후배님의 말씀도 있다.

"졸업 전에 적어도 7명한테 고백 받아야 되는 거 아닌가요?"

그래, 공대는 그런 곳이다. 눈코입 붙어 있고, 숨만 잘 쉬어도 일곱 남자가 고백을 한다. 이런 곳을 졸업한 여자가 하는 말이라 좀 기분 나쁠 수도 있겠지만 그래도 이게 팩트다.

'예쁘면 어디서든 다 생긴다. 인문대를 다니든 대학을 안 가고 일만 하고 살든 다 생긴다!'

주변에서 가만 두질 않는다. 그냥 있어도 소개팅이 들어오고, 알바를 하는데 남자 손님이 헌팅한다거나 같이 알바하는 놈이 수작을 걸거나.

"남자는 어디서 만나나요?"라고 묻지 말고, 예뻐지자.

예쁜 사람은 술집이든 도서관이든 헬스장에서든 남자가 꼬인다. 오키도키?

2교시
인기 많은 여자들의
특급비밀

나 당신 사랑해도 될까요

말도 못하고

한없이 애타는 나의 눈짓들

심수봉 〈비나리〉

01
여자들은 모르는
남자의 속마음 7가지

1. 예쁜 게 착한 거란 말은 농담이 아니라 진짜다.

2. 남자는 여자의 단점을 바꿀 생각이 없다. 자신도 바뀔 생각이 없기 때문이다.

3. 여자가 얼마나 예쁘냐에 따라 남자의 참을성이 결정될 뿐이다.

4. 들이대는 여자가 고마운 경우는, 남자도 그 여자가 마음에 들 때뿐이다.

5. 남자가 사귀자고 말을 안 하는 오직 단 하나의 이유는, 본인이 여자에게 아깝기 때문이다.

그 어떤 슬프고 애절한 이유도 없다.
I'm so sorry, but I love you. = 다 거짓말.

6. 남자의 명예는 너무나도 소중하다. 공식적으로 욕먹는 것이 세상에서 제일 싫다.

① 그래서 남자는 바람이 나도 먼저 조강지처를 버릴 수 없다.

② 어떤 형태로든 당신이 잔소리를 시작했다면, 그 남자 눈엔 더 이상 여자로 보일 수 없다. 섹스가 가능한 또 다른 '엄마'일뿐(특히 유부녀들에게 경고한다. 절대 '엄마'가 되지 마라).

③ 7의 여자(2교시 '만인의 연인 '7의 여자'는 누구인가?' 참고)에게 들이대는 이유 또한 자신의 명예를 지키기 위해서다.

7. 최고의 밀당은 더 예뻐지는 것이다. 꼴목상대!

02

웃기는 여자
VS 웃어 주는 여자

소개팅에 나가서 열심히 웃기고 왔다는 언니가 생각났다. 동생이었다면 한마디 해주고 싶었지만 역시 연상의 모쏠에겐 함부로 조언해주기가 힘들다. 소개팅에 나갔는데 분위기가 쎄~ 하다면, 그냥 상냥하게 대답만 길게 해주면 중간은 간다. 그가 당신에게 첫눈에 반하지 않은 그 상황에서 절대 먼저 개그를 시전해선 안 된다. 여자로서 더욱 비호감으로 전락하여 티끌 같은 일말의 가능성조차 날려버리는 행위이며, 소개팅 자리에서 불알친구를 만들 계획이 아니라면 결코 해선 안 되는 금기이다.

로코(로맨틱 코미디)물을 볼 때면 무한쾌활 여주인공이 차가운 남주인공 앞에서 초면에 웃기는 소리를 해댈 때가 있다. 따귀를 때린다거나 분노조절 장애자처럼 초면에 심하게 싸워버린다. 어느 경우든 그게 먹히려면 당신 얼굴이 그 로코물 여주인공일 때만 가능하다. 난 '예쁘지만 분노조절 장애자'인 수많은 신데렐라들 덕에 완전히 한국 드라마를 끊었다. 남자들 사실 그런 성격 딱 싫어한다. 너무 피곤하다.

드라마가 왜 여자들의 포르노인 줄 아는가?

실제 포르노를 보면 배불뚝이 털복숭이 늙은 아저씨가 여아이돌 뺨을 가로세로로 치는 미모의 어린 여자랑 관계를 가진다. 한마디로 일어나지 않을 환상을 대신 보여주는 것이 포르노다. 한국 드라마를 보면 매번 온갖 신데렐라가 판을 치는데, 그런 일은 실제로 일어나지 않는다는 뜻이다. 어쨌든 나는 다행스럽게도 남자를 웃겨서 유혹하겠다는 생각은 해본 적이 없지만, 도긴개긴이라 할 정도로 굉장히 남자에 대한 큰 오해를 하고 있었다.

'남자는 예쁜 여자를 좋아한다. 예쁘면 그냥 장땡이다.'

물론 앞 문장은 만고불변의 진리이다. 절대적인 사실이다. 남자가 나의 내면을 먼저 봐줄 것이라는 환상을 갖고 있는 분들에겐 미안하지만, 정말 외모는 너무 중요하다. 다행히 외모 취향은 다양하다만. 어쨌든 이토록 단순한 것이 남자인데, 그 10대의 난 더 단순했었던 것이다.

예쁘다고 무조건 장땡은 아니다. 남자는 (예쁘게) 웃는 여자를 좋아한다. 그렇다. 남자들은 내 생각보단 조금 덜 단순했다. 난 정말 남자가 예쁜 여자를 좋아한다는 것과 맞먹을 정도의 진리가 있는 줄은 전~혀 몰랐다. 남자는 아무리 예뻐도 웃지 않는 여자에겐, 잘 매력을 느끼지 못한다.

아이돌로 치면 그룹 f(x) 중에서도 크리스탈 같은 분위기(캐릭터)는 남자들 사이에선 절대 인기 없을 포스다. 그 얼굴로 웃고 다닌다면 단연 인기

TOP이겠지만. f(x) 자체가 여덕(여자팬)들을 타깃으로 만든 그룹이다. 여덕들은 충성도가 높으니까! 그래서 크리스탈은 오히려 여중, 여고를 다녔다면 여학생들 사이에서 엄청난 인기를 끌 타입이다. 나도 그런 여성을 동경했기에 남자들도 으레 그런 줄 알았다. 새침한 여자가 인기 많을 줄 알았다.

일본 신조어 중 쿨 뷰티(Cool Beauty)란 말이 있다. 우리나라의 '차도녀'와 비슷한 어감인데 당당하고 시크한 분위기를 가진 '냉정하고 침착한 미인'이란 뜻이다. 중학생 때까지만 하더라도 내가 생각하는 미인상은 그런 것이었다. 쿨 뷰티! 유명할 정도로 창백한 얼굴색을 가진 나는 자연스럽게 쿨 뷰티(그냥 무표정 -_-)에 사로잡힌 중2병 소녀가 된 것이었다.

중딩 때 넘치는 호기심을 주체 못하고 사귀었던 나의 남자 친구들은 내 웃는 모습을 단 한 번도 보지 못했다. 그들이 나와 헤어질 때 댔던 이유는 '나(남자)를 좋아하는 것 같지 않아서'였다. 어렸던 나는 그런 말은 믿지도 않았고, 그냥 질려 놓고는 깨질 때 으레 하는 변명이라고 생각했다. 고작 일주일, 한 달 만나놓고.

그리고 고딩이 되었다. 여고 1학년 7반이었던 나는 남고 1학년 7반과 하는 반팅(사실 내가 주선)에 나가게 됐는데, 순진한 우리 여자아이들끼리 예상했던 여학생 인기순위는 아무짝에도 쓸모없음을 깨달았다. 대략 10:10 미팅이었는데, 전혀 예상치 못한 한 여학생이 압도적으로 인기가 많았던 것이다. 멘붕이 온 난 또 호기심을 못 이기고, 남학생들에게 그 인기 이유를 단도직입적으로 물었다. 남학생들의 대답은 너무나도 의외였다.

"잘 웃잖아."

그러고 보니 6학년 때 반에서 제일 인기 많았던 여자애한테도 물어본 적이 있었다.

"넌 어떻게 인기가 많아?"

"너희들처럼 장난치거나 욕 안 하고, 상냥하게 대해주면 돼."

6학년 땐 그게 무슨 봉창 두드리는 소리인가 했다. 내가 질문해놓고도 그 답을 받아들이지 못했다. 하지만 고1 반팅까지 겪고 나서야 큰 깨달음을 얻었다.

남자들은 예쁘게. 잘 웃는. 여자를. 좋아한다.

예쁘면 장땡이 아니라, 잘 웃어줘야 되고(잘 웃기는 게 아니라) 여성스러워야(상냥한 말투) 한다. 사내 같은 제스처에 욕을 입에 달고 살던 내가 인기가 있을 수가 없었던 것이다.

그 뒤로 수능까지 남자를 사귄 적은 없지만 거울을 다시 보기 시작했다. 웃는 연습을 매일 했다. 셀카도 찍고 거울도 보면서 1시간 이상 웃는 연습을 한 날은 입 주위에 경련도 일어났다. 안면 근육통을 느끼면서 평소에 내가 얼마나 무표정으로 살았는지를 통감했다.

'나이 마흔이 넘으면 본인 얼굴에 책임을 져야 한다'는 말이 있다. 그건 이목구비가 아니라, 지난 세월 동안 안면근육을 어떻게 썼는지(어떤 표정으로 살았는지)가 얼굴에 드러난다는 얘기다. 어릴 때는 이목구비가 중요하지만, 마흔쯤 되면 표정과 피부가 이목구비보다 더 중요해지기 시작한다.

혼자서 거울 보고 웃어봐라. 진짜 우스꽝스런 모습일 수도 있다. 웃을 때 오히려 더 못생겨 보이는 건 충분히 가능한 얘기다. 한국 드라마 단골 대사가 있다.

"웃어요. 백설 씨는 웃을 때가 제일 예뻐."

남자는 실제로 '예쁘게 웃는 얼굴'에 환장한다.

이목구비가 예쁜 것도 중요하지만, 이목구비를 제외한 부분(안면 바탕)이 예뻐지는 것도 그 못지않게 중요하다.

선척적인 아름다움(이목구비)이 받쳐주는 경우에도 노력해야 하지만, 선천적인 아름다움이 받쳐주지 않는 경우에는 후천적인 아름다움인 표정(인상)은 더더욱 중요하다. 아직 희망이 있다는 뜻이다.

03

만인의 연인
'7의 여자'는 누구인가?

다음은 〈폭두방랑 타나카〉라는 만화책의 내용이다.

두 남자가 있다.

A: 1, 2, 3점짜리 아닌 10점 만점의 미인도 아닌 7점의 여자. 남자들에게 가
   장 인기가 많다는 설이 있어.

B: 7점인데?

A: 남자라는 생물은 너무 미인이어도 부담감을 느껴 선뜻 나서지 못해. 하
   물며 추녀한테도 선뜻 나서지 못하지. 아니, 추녀한테는 나서지 않는 거
   지만……. 그래서 7의 여자인 거야. 상대방에게 부담감을 주지도 않으면
   서 결코 추녀도 아니기 때문에 매력이 없는 건 아니지.

B: 남자에게 안도감을 안겨주고, 자세히 보니 귀여운 것 같은 식으로 남자
   들과 가장 인연이 많은 게 바로…

A: 7의 여자야.

어째서 7인가? '찔러서 될 성싶은 여자'가 7의 여자의 숨은 정의다. 이건 맞다.

그런데 더 깊이 생각해 봤을 때 8~10점짜리 남자들이 7의 여자를 선택하는가? 아니다. 8의 남자는 8의 여자를, 9의 남자는 9의 여자를 원할 것이다. (그렇다. 한국 드라마는 쓰레기다. 10의 남자가 4~5의 여자를 따라다니는 것이 거의 모든 한국 드라마의 기본이다.)

그럼 1~7점짜리 남자들이 7의 여자를 원하는 건? 앞서 말했듯 8의 남자는 될 성싶은 여자로 8의 여자를 택하고, 9의 남자는 될 성싶은 여자로 9의 여자를 택한다. 그런데 왜 1~7의 남자들은 모두 7의 여자를 원하는 것일까? 답은 간단하다. 우리나라 대부분의 남자들은 자신이 7의 남자라고 생각하기 때문이다.

외모지상주의의 극치인 우리나라에서는 여자들이 아주 어릴 때부터 자기 '외모'가 몇 점인지 주변에서 끊임없이 듣게 된다. 옹알이도 못하는 여자 아기들을 붙잡고 '못생겼니 예쁘니, 돈을 많이 벌어야겠다느니, 공부를 아주 열심히 해야겠다느니' 난리다. 뚱뚱한 여자? 정말 살기 힘들어진다.

예쁘게 태어나면 고시 3개를 패스한 것과 다름없다고들 한다. 아름다움은 곧 권력이다. 살다보면 누가 자기보다 더 대접 받고, 누가 자기보다 덜 대접 받는지를 확실하게 두 눈으로 체감할 수 있어서 여자들은 자신들 '외모'가 몇 점인지 비교적 정확하게 알고 있다.

하지만 남자들은? 어릴 때부터 '모성애'라는 콩깍지가 씐 엄마라는 '여성'에게 '잘생겼다'는 말을 끊임없이 듣는다. 세상 그 누굴 데려 와도 '우리 아들'이 제일 잘생겼다. 아주 드물게 아닌 가족도 있겠지만?

  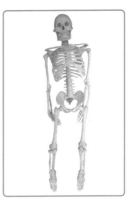

내가 보는 내 모습   엄마가 본 내 모습   할머니가 본 내 모습

'내 새끼 짱 콩깍지 파워' 때문인지 태어날 때부터 DNA가 그렇게 박혀 있는 것 때문인지는 모르겠으나, 확실한 건 1~7의 남자들 모두가 자신의 외모가 '7 혹은 8점'이라고 생각한다는 것이다. 번외로 8~10점의 외모를 가진 남자들은 그들만의 리그가 있다. 엄마 이외의 다른 사람들도 자기를 보고 잘생겼다고 말해준다.

이렇게 어릴 적부터 여자들은 자신의 외모 점수를 거의 정확하게 알게 되고, 대부분의 남자들은 자신의 외모가 7점 이상은 된다고 생각한다. 그렇기에 하위권 외모의 남자들도 아주 당연하다는 듯이 7의 여자를 바라보고 있어 대학에 와서도 모태솔로인 경우가 많은 것이다. "공부만 열심히 해서 대학 가면 여자 친구 생긴다며!"라고 엄마를 책망할 수도 있다.

20대 중반까지는 7~10점 외모의 남자들이 5~10점 외모의 여자들을 독차지하고 있다. 하지만 20대 후반이 됐을 때 남자들은 '직업'이라는 점수가 생겨 '외모' 점수를 가볍게 뛰어넘게 되고, 이것이 점점 더 중요해진다. 대학 가면 여자 친구 생긴다는 건 이제 부모님 세대의 옛말이고, 대기업에 가면 여자 친구가 생긴다. 남자들아, 공부 열심히 하라고 한 부모님께 감사하라. 7의 여자를 만나는 건 그제야 현실이 된다.

하지만 시간이 지날수록 여자들은 여전히 '외모'라는 메인점수에 '직업'이라는 가산점과 '나이'라는 감점이 누적되기 시작한다.

그리고 서른이 됐을 때 남자들은 '직업'이 메인점수, '외모'가 가산점이 된다. 직업은 그 사람의 '능력'을 의미하니까. 여자들은 여전히 '외모'가 메인점수가 되고, '나이'라는 감점이 '직업'이라는 가산점만큼 중요해진다.

연령별	20대 초반		20대 후반		30대	
평가받을 때 기준(중요도)	남자	여자	남자	여자	남자	여자
메인 점수	외모(7)	외모(10)	직업(7)	외모(7)	직업(6)	외모(6)
가산점	학벌(3)		외모(3)	직업(3)	외모(2)	직업(2)
감점					*집안(2)	나이(2)

* 30대 남자는 직업이 별로라도 집안으로 보완될 수 있지만, 아무리 직업이 좋아도 집안이 별로면 감점 요인이 될 수도 있다. 결국 둘 다 재력과 관계가 있다.
* 이 표에서 '성격'은 배제했다.

　　7의 여자에 대해 설명하다가 연령대별 '진짜 점수'에 대해 간략하게나마 이야기하게 됐다. 남자는 언젠가 '직업'을 가지게 되면서 "역시 난 7의 남자(외모)였어!"라는 훈훈한 엔딩을 갖게 되거나, 아예 노총각이 될 가능성이 높다는 얘기다. 남자들은 웬만해선 타협하지 않는다. 그래서 당신도 서두르지 않으면 노처녀가 될 가능성도 높아진다. 결국 포인트는 이거다.

요점정리

① 대부분의 남자가 자신의 외모를 7점이라고 생각한다.
② 그래서 외모가 7점인 여자들이 대다수 남자들의 관심을 독차지한다.
③ 20대 초중반에 당신이 무시했던 남성이 나중엔 '돈'이라는 이름의 '안정감'을 겸비하게 될 지도 모른다.

다시 '7의 여자'의 본질로 다가가자. 그러니까 다시 말해서 인기가 많으려면 '찔러서 될 성싶은 여자'가 되라는 것이다. 외모도 중요하지만, 외모가 7점인데도 남자 안 생기는 여자들은 다른 문제가 있다. 당신이 지금껏 대시 받지 못했다면 외모뿐만 아니라 '태도'에 문제가 있는 것은 아닌지 생각해 보라.

남자도 상처를 받는다. 여자를 유혹하다 실패하면 큰 상처를 받는다. 자신이 7의 남자라고 생각하고는 있지만, 어째 좀 긴가민가한 기분이 들기도 한다(엄마 외에 다른 사람들은 자기한테 잘생겼다고 안 해주거든). 자기가 찔러서 될 성싶은 여자라고 생각해서 고백했다가 차이면 자신의 매력에 엄청난 회의감과 의심이 들 수도 있기 때문에 큰 모험은 하지 않으려 한다. 그래서 썸이라는 것을 타게 되고, 어느 정도 확신을 가지면 '고백'을 하게 된다. 여기서 여자인 당신이 해야 할 일은 대시를 하는 것이 아니라, 확신을 가지게끔 유도하는 것이다. 제일 쉬운 방법은 앞에서도 썼듯이 웃어주면 된다.

특히 30대 남성을 유혹할 때는 자기를 좋아한다는 '확신'을 주는 것이 절대적으로 중요하다. 사실 20대 남성들은 그래도 모험심이랄까 승부욕을 가지고 긴가민가한 여자에게 끊임없는 대시를 하거나 막무가내식 '고백'을 하기도 하지만, 당신이 찍은 꽤나 괜찮은 30대 남성은 그런 짓 안 한다. '나는 당신이 맘에 들어요'라는 눈빛을 확실하게 보여주지 않으면 다가오지 않는다.

30대 남자를 유혹하고 싶다면 20대 남자들에게 했던 어설픈 밀당이나 철벽 따위는 절대 치면 안된다. 30대 남자에게 대시란 반드시 '돈'이 수반되는 행위이기에 돈을 물 쓰듯 쓰는 남자가 아닌 이상 쓸데없는 곳(안 넘어 올 여자)에 돈 안 쓰려고 한다.

한마디로 썸 타는 기간이 20대에 비해 한없이 짧아진다. 썸 타는 기간에 쓰일 돈과 시간이 아깝기 때문이다. 그래서 나는 드라마에서 여주인공이 30대 남자와 긴 시간 동안 오순도순 썸 타는 장면을 보고 있자면 손발이 오글거리다 못해 파괴될 것 같다. 돈 많은 30대 남자와 20대 수준의 썸이라니, 동화 같은 이야기다. 그리고 있기엔 돈 많은 30대 남자는 매우 바쁘다.

'모 아니면 도'로 그 여자와 사귈 건지 말 건지 빠른 시일 내에 결정지으려 하기 때문에 당신이 30대 남자에게 확신을 가진다면 그 확신을 확실하게 보여줘라. 20대의 남자를 점찍었다면 이런저런 풋풋한 썸을 즐겨보는 것도 좋겠지만.

04

남자들이 좋아하는
얼굴, 몸매 그리고 성격

'쟤는 왜 인기가 많은 거야?' 싶은 여자들이 있다. 그건 당신이 남자가 아니라 여자이기 때문에 여자의 눈으로 바라보기 때문에 이해가 안 되는 것이다.

크러쉬(Crush)의 원뜻은 통상적으로 알려진 '으스러뜨리다, (작은 공간)에 밀어넣다, 군중'이지만, '한눈에 반하다'라는 표현을 할 때도 쓰인다.

걸 크러쉬(Girl Crush)

여자가 여자에게 반한다는 뜻이다. 레즈비언과는 다르다. 보통 여중, 여고생 사춘기 소녀들에게 아주 흔하게 일어나는 일이다.

1단계 – 너랑 친해지고 싶어!
2단계 – 너처럼 되고 싶어!
3단계 – 너를 가지고 싶어!(이건 레즈비언 단계)

사실 사춘기 시절 소녀들 중 일부는 이성애자임에도 불구하고 3단계까지도 넘나들었다가 성인이 될 무렵 다시 성 정체성을 정립하기도 한다. 나처럼 걸 크러쉬를 즐기는 여인들은 남자의 취향에 대해 더 오해하기 쉬운 듯하다. 남자들의 취향은 내 취향과는 다름을 이해하고 받아들이자.

내 취향은 화려하고 튀고 섹시하고 광대가 좀 있고 백치미나 퇴폐미가 있고 육감적 몸매에 피부가 흰 사람이다. 아이돌로 치면 독보적으로 현아(요즘은 소녀시대의 화려한 메이크업과 헤어에 꽂혔다가 아이유의 청순함에 끌림).

나는 정신 건강을 위해 외모 콤플렉스가 없다고 생각하고 살아가지만, 굳이 꼽자면 광대가 콤플렉스에 속한다. 그래서 광대가 있으면서도 엄청나게 예쁜 현아를 보면 기분이 좋은가 보다.

남자들은 어떨까?

1. 제일 중요한 얼굴부터 얘기해보자.

눈이 작은 여자는 눈이 큰 여자를 보면 다른 부분이 거슬려도 걸 크러쉬를 느낄 수 있다. 코가 낮은 여자는 코가 높은 여자를 보면 다른 부분이 거슬려도 쉽게 동경에 빠질 수도 있다.

하지만 남자들이 좋아하는 건 어느 부위가 확 튀는 얼굴보다 어디 하나 빠지지 않는 얼굴이다. 모난 구석이 없어야 한다. 대표적으로 '수지, 아이유, 태연'은 여자들이 보기엔 어디 하나 확 튀는 구석이 없어서 뭇 여자들에게 일반인 같다느니, 평범하다느니, 우리 학교에 쟤보다 예쁜 애들 많다느니 하는 소리를 듣는다. 이렇듯 여자들 눈엔 너무나 평범해 보이는데 남자들에게 폭발적으로 인기가 많은 얼굴은 확실한 공통점이 있다.

그 어떤 헤어스타일도 어울린다는 것이다. 앞머리를 까도 예쁘고, 내려도 귀엽고, 머리를 묶어도, 풀어도, 심지어 양 갈래를 해도 어울린다. 그런 얼굴은 어떤 각도에서 봐도 거슬리는 부위가 없고, 좌우 대칭도도 높은 편이다. 여자들이 보기엔 그저 무난한 얼굴이란 느낌을 받을 수 있다. 무슨 머리를 해도 그 얼굴이 그 얼굴 같으니까 오히려 포텐이 안 터지는 얼굴 같다.

왜 이런 얼굴을 좋아하는가? 남자가 남자 앞에서 '여자' 얘기를 꺼내면 그 대상이 엄마가 아닌 이상, 이런 질문은 피할 수가 없다.

"예쁘냐?"

게다가 요즘처럼 카톡으로 사진 주고받기가 너무 쉬운 시대에는 여자 얘기만 나오면 1:1 채팅방이든 단체 채팅방이든 "사진부터 띄워봐"라는 말이 나오기 십상이다. 긴장되는 마음으로 자신의 썸녀나 여친의 사진을 올릴 때 누군가 속으로 '눈이 좀 작은데?', '코가 이상해', '입 튀어나왔네', '얼굴 크다' 등등 이런 식으로 자기 여친이나 썸녀를 평가할 거란 걸 알고 있다. 자신도 그러니까.

특히 남자가 어릴수록(혹은 철이 없을수록) '내 여자의 미모=남자 즉 나의 능력'으로 생각하는 정도가 강하다. 내가 그러니까 남들도 그러려니 싶을 것이다. 정도의 차이가 있겠지만, 그런 생각으로 인해 전반적으로 남자가 선호하는 얼굴은 예쁘고 무난한(모나지 않은) 얼굴이다.

2. 몸매는 어떨까?

이성애자는 자신에게 없는 것에 설레고 강한 동경을 가진다. 여자는 큰 키, 넓은 어깨에 환장하고, 남자는 풍만한 가슴, 잘록한 허리-골반 라인에 정신을 못 차린다. 초딩 때는 어차피 2차 성징도 안 와서, 늘씬한 몸매에 각선미가 제일 중요하다. 하지만 2차 성징이 올 무렵 가장 눈에 들어오는 건 가슴이다. 그 후 여자의 옷을 벗길 나이가 되면 허리-골반 라인의 아름다움에 눈을 뜬다.

여자 옷 벗기는 나이는 남자들마다 다르겠지만, 통상적으로 20대 후반에 들어서면 남자들은 각자 '각선미, 가슴, 허리-골반 라인' 중 자신만의 우선순위를 매기게 된다.

우리 여자들이 안도해야 할 점은 다들 우선순위가 다르다는 점이다. 우리가 할 일은 이 3가지 중 나의 단점을 가리는데 급급하기보단 3가지 중 내가 가장 내세울 만한 포인트를 찾아내 패션으로 극대화시키는 것이다. 종아리 알이 육상선수 같을지라도 숨길 생각만 하지 말고, 자신의 어디가 가장 섹시한지를 찾아내고 극대화함으로써 나의 여성성을 확실하게 발산해야 한다.

하지만 주의해야 할 타이밍이 하나 있는데 바로 1:1 소개팅의 '첫 대면' 순간이다. 그땐 잠시나마 나의 섹시 포인트를 덮어두는 것이 좋다. 첫인상부터 눈앞의 여자가 너무 섹슈얼 무드가 강하면 오해를 할 수도 있기 때문이다.

상체에 자신 있다면 첫 만남에선 코트나 단정한 상의로 좀 덮어두고

'대화'와 '눈빛', '웃음'으로 다른 매력을 보여주자. 그렇지 않다면 남자는 첫 만남 이후 당신을 떠올릴 때 가슴이나 허리만 떠올릴 수도 있다. 만약 하체에 자신 있다면 두 번째 만남엔 참아뒀던 미니스커트를 입는 것이 반전 매력으로 극대화되어 다가갈 수 있다.

덧붙여서, 소개팅을 많이 해주다 보니 남자들이 원하는 체지방량도 다 다르다는 걸 알게 됐다. 마름/보통/통통으로 나눌 수 있다. 그런데 아직도 통통한 여자의 기준을 잘못 알고 있는 여인들이 있을까봐 이 그림을 첨부한다.

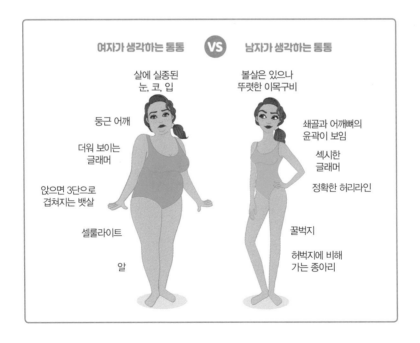

3. 성격

남자들이 좋아하는 성격에 대해 알고 싶다면 여성 취향으로 만들어진 드라마를 끄고 남성 취향으로 만들어진 미디어를 보면 된다. 남자들의, 남자들에 의한, 남자들을 위한 만화책, 드라마, 영화를.

여성 취향 미디어의 여주인공

수다스럽다. 다소 신경질적이다. 조울증이 분명하다. 아주 독립적이다. 남자 없이도 해피 해피. 내 인생은 너무 바빠서 연애할 틈이 없어. 우정이라는 핑계로 다른 훈남들과의 좋은 관계 또한 기필코 유지한다. 대개 경제적으로 결핍된 가정사로 인해 바쁘다.

남성 취향 미디어의 여주인공

성격이 무한 긍정에 밝지만 시끄럽진 않다. 절대 귀찮지 않을 정도로만 나에게 의지하여 옆에서 지켜 주고 싶다. 다른 사람 험담이나 자신의 푸념을 하지 않는다. 누구에게나 공손하고 상냥하다. 솔직하면서도 예의는 지킨다. 약간의 귀여운 질투는 있지만 결코 남자를 옥죄지 않는다. 다른 남자와는 절대 엮이지 않으려 한다. 대개 이상적인 가정사를 가졌기에, 훗날 지혜롭게 가정을 꾸릴 것 같다.

여성 취향 드라마에서 100점짜리 남주인공에게 단 하나 부족한 것은 '정신이 이상한 모친'이다. 계모든 친모든 정신이 이상한 모친 혹은 '모친의 부재' 덕분에 생긴 어릴 적 트라우마 덕에 씩씩한 여주인공에게 의지하게 된다는 논리다. 거의 모든 한국 드라마를 관통하고 있는 기본 설정이다. 반면 남성 취향 미디어에서 여주인공은 유복한 가정을 가져 구김이 없다.

결혼을 하게 되면 분명 밝은 분위기의 집안을 꾸릴 것 같다.

결론은 당신이 어떤 가정사를 지녔든, 드라마에 나오는 여주인공처럼 씩씩하고 당찬 모습을 보여야 한다는 것이다. 여성 취향 드라마든 남성 취향 드라마든 공통적으로 남자는 자신의 2세를 밝은 분위기에서 키워 줄 여성을 원하기 때문이다.

남자들에게 여자와 대화하는 법을 가르치는 글이나 강연을 보면 여자가 푸념이나 남 험담을 할 땐 시시비비를 절대 따지지 말고 "진짜?", "헐~", "대박!" 이 소리만 하면 된다고 한다.

그런데 나도 여자들에게 한마디 하자면 푸념이나 남 험담, 특히 회사에 대한 불만 토로 등을 애인에게 습관적으로 하지 마라. 정말 매력 없다. 차라리 잘 공감해줄 여자 친구나 남자사람 친구에게 말해라. 아니면 매력 따위 없어도 평생 날 사랑해줄 가족에게 하라. 웬만해선 애인한테 하지 마라. 그런 험담과 어두운 이야기들은 남자가 당신과의 장밋빛 미래(밝은 가정)를 상상하는데 걸림돌이 된다.

정 하고 싶다면 애인이 "글쎄, 이번엔 네가 잘못한 것 같은데"라고 말해도 절대 싸우지 않겠다고 맹세하라. 싸우고 싶으면 가만히 있는 만만한 애인 건드리지 말고, 그 인간들이랑 마저 싸워라.

애인이나 남편은 당신의 소울 메이트가 아니다. 착각하지 마라. 꿈 깨라. 모든 감정을 공유하려 들지 마라. '연인 관계'에 대한 헛된 환상에서 하루 빨리 벗어나길 바란다.

요점정리

① **얼굴** 성형을 할 거라면 제일 못생긴 부분부터 손을 대라.
② **몸매** 나의 섹시 포인트를 찾아서 패션으로 극대화하라.
③ **성격** 밝은 가정을 꾸려 2세를 잘 키울 여자의 이미지를 떠올려라.

05

짝사랑 공략법

내가 찍은 남자는 어떤 여자를 좋아할까?

1. 자신감 – 그 남자는 잘난 맛에 사는 타입인가?(혹은 이성에게 인기가 많은가?)

2. 가족 – 어머니, 누나, 여동생과의 관계는 어떤가?

3. 외모 – 어떤 스타일을 선호하는가?

4. 성격 – 전 여친과는 어떻게 헤어졌는가?

분명, 다신 '그런 여자' 안 만날 거라고 다짐했을 것이다.

1. 자신감 – 그 남자는 잘난 맛에 사는 타입인가?(혹은 이성에게 인기가 많은가?)

그 남자에게 희소성 있는 여자가 되기 위한 공략법을 알아보자.

⋯⋯▸ Yes - 그 남자의 콤플렉스를 찾아라.

그 남자가 실제 객관적으로 얼마나 잘났느냐가 아니라, 진심으로 자기가 잘났다고 생각하는 사람은 오히려 자신의 얼마 없는 콤플렉스에 집착한다. 피부가 안 좋으면 피부가 좋은 여자에게 끌리고, 문란한 인생을 살았다면 순결한 이미지의 여자에게 집착한다. 어두운 가정사가 있다면 밝은 가정을 가진 여자, 음치라면 노래 잘하는 여자, 영어를 못하면 영어 잘하는 여자.

⋯⋯▸ No - 그 사람의 특기를 찾아라.

뭐 하나 정도는 확실하게 특기로 미는 구석이 있을 것이다. 수학을 잘하면 수학 문제 좀 풀어달라고 말하면 되고, 사진 찍는 취미가 있다면 카메라를 사고 싶은데 요즘 어떤 것이 좋은지 물어보면 된다. 그 남자가 좋아하거나 남들보다 잘하는 분야에 대해서 부탁을 하면 된다.

확실하게 Yes인 사람도 있을 것이고, 확실하게 No인 사람도 있겠지만 보통은 어중간할 것이다. 그 남자의 콤플렉스인 분야를 열심히 갈고 닦아 당신의 강점으로 만들어 자연스럽게 어필하고, 그 남자의 자신 있는 분야에 대해서는 당신이 더 잘한다고 해도 한 수 접어두고 부탁하는 시늉이라도 해보자.

일례로 인기가 엄청 많은 남자 앞에서 지지 않겠다고 나도 인기 많은 척을 해봤자 매력적이지 않다. 많이들 하는 실수인데, 그런 식으로 도발하려 하지 마라. 눈에 다 보인다. 그 남자는 이미 그런 여자(인기 어장녀) 많~

이 만나봐서 희소성이 없다. 너도 그중 하나가 될 뿐이다.

이런 남자는 나이트, 클럽 같은 곳과는 아예 인연이 없는 순수한 영혼을 가진 캐릭터를 좋아한다. 나이트나 클럽을 가고 싶으면 몰래 가라. 거기서 대시를 받아도 절대 그 남자한테 자랑하면 안 된다. 도발 안 된다. 섹시한 스타일보단 얌전한 스타일링에 '집-학교 혹은 집-직장'밖에 모르는 여성에게 끌린다.

인기가 없는 남자는 마음의 문을 닫고 철벽을 칠 수도 있다. 철벽 따위 가볍게 무시하고 친구처럼(하지만 여성성은 잃지 않는다) 친근하게 다가가면서 이런저런 부탁을 하고 반드시 고마움을 표시하자.

2. 가족 – 어머니, 누나, 여동생과의 관계는 어떤가?

여동생은 제외하자. 여동생 따위 아무리 예뻐봤자 오빠에겐 큰 의미가 없다. 엄마나 누나가 엄청난 미인이거나, 성격이 천사 그 자체인 케이스가 있다. 아들이나 남동생 앞에서조차 여성성을 잃지 않는 어마어마한 여인이 있다면 그 남자의 이상형이 되기에 충분하다. 그래서 외모나 성격 부분에서 눈이 되게 높다. 웬만한 여자를 들이밀어도 그다지 흡족해하지 않는다.

이런 유형은 사랑에 폭 빠지기가 어렵기 때문에 자신이 다방면에서 고스펙을 갖추고 있지 않다면 정이 들게끔 오랜 시간을 들여 친근함으로 승부수를 띄워 보아야 한다.

3. 외모 – 어떤 스타일을 선호하는가?

① 얼굴 - 귀여움, 섹시, 청순

고양이상? 강아지상? 보통 남자는 이런 거 잘 모른다. 남자들은 단순하다. 이렇게까지 생각할 수 없다. 단지 '귀여움, 섹시, 청순' 중 그래도 선호하는 스타일이 있을 것이다.

그런데 여기서 남자가 얼굴을 얼마나 보느냐를 알 수 있다. 귀여움과 청순 중에, 군이 청순한 여자를 찾는 쪽이 얼굴 보는 눈이 더 까다롭다. 귀여운 건 미인이 아니어도 가능한 이미지지만, 청순하려면 미인이어야만 한다.

섹시는 옵션이다. 귀엽고 섹시하거나, 청순하고 섹시한 여자를 찾는다. 아님 귀엽기만 하거나, 청순하기만 한 여자를 선호한다. 섹시하기만 한 여자는 무대, 클럽, 침대에서만 인기 있다. 섹시한 화장에 취미가 있어도 여자 친구들 만날 때만 하라. 남자들은 안 좋아한다. 화장은 귀엽거나, 청순하게만!

② 몸매 - 가슴, 다리

남자가 여자에게 느끼는 섹시함의 정도는 '허리-엉덩이'의 굴곡 라인에 비례한다고 한다. 일단 그 부분은 제쳐 두고, 소개팅해 줄 때 내가 꼭 물어보는 것은 '가슴 vs 다리' 중 뭐가 더 중요하냐는 것이다. 분명 둘 중 하나는 포기 못하는 것이 있다.

③ 키 - 미니, 보통, 큰 키

키도 분명 포기 못하는 요소 중 하나다. 의외로 남자들마다 원하는 키가 따로 있다. 남자의 가족, 친척들 중에 키 큰 여자가 많은 집은 큰 키, 반대는 작은 키를 좋아하는 듯했다.

4. 성격 – 전 여친과는 어떻게 헤어졌는가?

너무 무식해서 헤어졌는가?

⋯→ 그럼 말이 잘 통하는 여자에게 쉽게 반할 것이다.

야외 활동은 도무지 좋아하지 않아 답답했나?

⋯→ 그럼 야외 활동도 반기는 운동화가 잘 어울리는 그녀에게 반할 것이다.

바람나서 헤어졌나?

⋯→ 다른 남자 앞에서는 절대 웃지 않는 당신에게 반할 수 있다.

명령조로 말하고, 잔소리가 많은 여자였나?

⋯→ 나근나근한 말투로 편안함을 안겨주자.

전 여친의 트라우마를 말끔하게 날려버릴 성격으로 접근하라. 분명 다신 '그런 여자' 안 만날 거라고 다짐했을 것이다.

전 여친 트라우마 때문에 남자의 취향이 이리저리 바뀔 수도 있지만, 20대 후반이 되면 거의 확고해진다. 내가 찍은 남자의 취향에 대해 객관적인 고찰을 하고, 그에 맞는 스타일링과 접근 방법을 생각해보자. 썸의 승률을 높이고, 그 남자의 Only One이 되어 놓치고 싶지 않은 여인이 되길 바란다.

06

인기남 VS 소심남
- 희소성의 원칙

경제학 용어 중 하나인 '희소성의 원칙'은 연애에 있어서도 아주 중요하다. 희소성의 원칙이란, '이런 여자, 처음이야!'라고 생각하게 만드는 것이다. 예를 들면 한국 드라마에서 재벌 따귀 날리는 가난한 여자처럼. 일본 만화에서 일진 남자애한테 발차기 날리는 찐따 여자애처럼.

다양한 스펙트럼의 남자가 있지만 극과 극의 남자 둘을 소개하겠다. 자신의 짝남이 이 둘 중 어느 정도 레벨인지 생각해보고, 적용해보자.

카사노바

이런 유형의 남자가 좋아죽는 여자는 '잡히지 않는 여자'다. 미쳐 버린다. 자기가 찍은 여자들이 100이면 100 넘어온다고 생각하는데 몇 년에 한

번씩 안 그런 여자가 있다. 그러면 정말 정신줄 놓아버린다.

카톡을 보내면 10시간은 지나야 답장이 오고(이것은 밀당의 수준이 아니야), 밥을 먹자고 하면 선약이 있다고 하고, 전화를 하면 받지도 않고, 어찌어찌 해서 만나도 자신에게 반한 눈치가 전혀 없다. 스킨십을 했는데도 전혀 나에게 목매는 기색이 없다. 값비싼 선물을 해줘도 의미를 부여하는 눈빛이 눈곱만큼도 안 보인다. 수많은 여자들이 나와 결혼하고 싶다고 하는데 이 여자는 무슨 생각인지 한 치 앞도 알 수가 없다.

이쯤 되면 정말 맛이 가서 다른 여자들은 전부 정리하고 사막에 놓인 개처럼 헐떡인다. 승부욕을 건드린 것이다. 누가 이기나 보자는 심산인 듯하다. 결국 이런 여자는 아무리 세월이 지나도 포기 못하고 앓더라.

정말 극적인 예를 들었다. 인기 많고 경험 많은 남자일수록 주변에 여자가 들끓기에 여자의 심리에 빤하다. 어떻게 하면 여자가 자신에게 뻑 가는지 정확하게 알고 있다. 마치 '공식'처럼 생각하는 자신만의 유혹 매뉴얼이 이미 존재하는데, 그게 전혀 먹히지 않는 여자를 보면 호기심과 승부욕이 폭발해 버린다.

물론 이 남자의 눈에 들려면 얼굴과 몸매가 준수함 이상은 되어야 한다. 그런데 그 기준(예선전)만 넘어서면 된다. 그 다음은 얼마나 그 남자에게 '잡을 수 없는' 여자로 보이는가'이다. 당연한 얘기지만 그 남자의 외모 기준을 넘지 못했다면 포기하라. 그 남자가 먼저 당신에게 대시가 들어왔을 때 밀당이 어느 정도 필요하다는 얘기지, 대시도 없는 상태에서는 그 남자를 유혹할 수 없다.

나중에 사귀게 되더라도 당신은 항시 '선약'을 우선시해야 한다. 선약을 취소하고 이놈을 만나서는 안 된다. 스킨십에 의미 부여를 하는 것 또한 당연히 금물! 키스를 해도 섹스를 해도 도도한 태도가 한 치도 흐트러져선 안 된다.

친구들에게 이 남자를 소개하지 마라. 그 순간 '아, 드디어 너도 나한테 반했구나. 그래, 너도 날 친구들에게 자랑하고 싶겠지'라고 생각한다. 데이트하다 길에서 우연히 친구를 보게 되더라도 친구에게 가볍게 인사하고 지나가야 된다. 마치 내 옆에 아무도 없다는 듯이.

잘생긴 남자 친구가 생기면 자랑하고 싶어 죽겠는 그 마음 잘 안다. 그런데 그러지 마라. 카톡 프사에 올린다거나 그런 건 정말 질려버린다. 그 어떤 SNS에도 그를 노출시키지 말고 솔로 코스프레를 지향하시길.

사실 이런 독설을 쓰면서 과거의 나에게 하고 싶은 말을 적는 게 아주 많다. 절대 카사노바는 아니지만 자타공인 잘생긴 놈이랑 사귄 적이 있었다. 사귀기 전엔 내가 이 남자 저 남자 만나고 있으니 나한테 눈이 풀려서 매달리더라. 그때 난 '아니, 이 잘생긴 놈이 도대체 나한테 왜 이럴까?' 너무 너무 이해가 안됐는데 지금은 이해가 된다. 자기한테 관심이 없으니까 그랬던 것이다. '이런 여자는 네가 처음이야!' 심리가 발동한 것.

그런데 내가 사귀자마자 모든 남자를 싹 정리하고 해바라기 모드로 바뀌니까 그 남자도 바로 180도로 눈빛이 식어 버렸다. 역시 단지 유치한 승부욕에 나한테 매달렸다는 생각이 요즘에야 든다.

극적인 예를 들어서 좀 여러모로 비정상적인 이야기가 됐다. 자신의 짝남이 이 정도 수준이라면 엮이지 않는 것을 권한다. 평생을 '잡히지 않을 여자'로 살고 싶은가? 애를 둘이나 낳고도 날개옷을 찾고 있는 선녀처럼 말이다.

- 싫어하는 유형 - 머리 빈 여자
- 추천작 - 만화책 〈파라다이스 키스〉

🥛 모쏠 순진남

사실 내 취향은 이쪽이었다. 나는 여자이면서도 '대시'하는 것을 재밌어 했다. '인기남'한테는 앞에서도 말했듯이 대시는커녕 눈길도 주면 안 되는 것이기에 그런 소극적인 전략은 내 취향이 아니었다. 난 정말 다음 생에는 남자로 태어나고 싶다. 나에게도 그런 승부욕이 있다. 찍은 남자랑은 무조건 사귀어야 된다는 승부욕! 하여간 순진남은 그런 '꼬시는 맛'이 있다.

이런 남자들의 특징은 여자에게 거부감이 있다. 자신감도 없고 불편해 한다. 그래서 대화할 때는 최대한 '동성 친구'처럼 낯간지럽지 않게 다가가야 한다. 그럼에도 불구하고 외모로는 '여성성'을 잃지 않아야 한다. 세 번의 만남에 한 번 이상은 '치마'를 입을 것. 순진한 남자라고 해서 눈이 낮을 거라고 생각하지 마라. 그 순진한 남자가 용기를 가지고 '대시'를 하고 싶을 정도로 예뻐야 된다.

그 순진한 남자가 '대시'를 할 수 있을 정도로 적극적으로 내가 들이대면서 안심시켜줘야 한다. 주변에서 친구들이 "야, 너 쟤한테 고백 안 하면 진짜 등신이야"라고 말해 줄 정도로! 선톡도 보내고, 만나자는 말을 먼저 해도 된다. 세 번 정도 먼저 데이트 신청하면 이제 용기를 얻어 그쪽에서도 데이트 신청을 할 수 있다. 물론 데이트도 낯간지럽지 않은 친구 같은 느낌으로 만나야 한다.

하지만 '고백'은 절대 먼저 하지 마라. 그 아무리 순진하던 놈도 여자가 고백을 하면 그 순간 기고만장함이 하늘을 찌른다. 애초에 이 여자의 레벨과 자신의 레벨이 어느 정도인지 아예 가늠이 안 되는 모쏠 순진남은 고백을 받는 순간 '이 여자의 레벨은 나의 아래다'라고 인식할 수밖에 없다. 진짜 '꼴값을 한다' 싶을 정도로 여자를 아래로 본다.

사귀게 된 후로도 여자가 너무 잘해준다 싶으면 '이 여자의 레벨은 내 아래였구나. 그럼 나는 사실 더 예쁜 여자를 만날 수도 있구나'라고 판단한다. '잘생기면 얼굴값, 못생기면 꼴값한다'는 아이러니한 명언은 이 때문에 명색을 유지하는 것이다.

여자를 좀 만나본 남자는 여자가 잘해줘도 '고맙다. 이렇게 좋은 여자가 나에게 잘해주다니'라고 생각할 수 있지만, 모쏠은 반대로 여자를 아래로 보는 어이없는 생각을 하게 된다. 그러므로 사귀게 된 후로는 순진남이 귀여워서 자기도 모르게 너무 모성애를 발휘하지 않도록 주의해야 한다.

- 싫어하는 유형 - 엄마 같은 여자
- 추천작 - 영화 〈전차남〉

요점정리

① **잘생기거나 인기 많은 남자** 최대한 여유로운 모습을 보여라. 인기가 많은 놈일수록 팅기는 것이 좋다. 정말 인기가 많다면 고백을 받아도 한두 번 정도는 팅겨도 된다. 그런데 이 '밀당'이 티가 나서는 안 된다. 대시가 들어와도 극도의 평온함을 유지해야만 한다.(3교시 '밀당의 고수 下' 참고)

② **모쏠이거나 순진한 남자** 고백할 수 있는 용기를 가지게 만들어라. 하지만 선 고백은 절대 금물이다.

07

소개팅에서 훈남을 꿈꾸는 당신(27세)에게

아직 어린 여자들은 공감이 안 되겠지만, 27살만 되도 상당수의 여자들은 외모를 훨씬 덜 보게 된다. 이미 훈남들이 품절 되서 포기하는 경우도 있지만, 대부분은 정말로 외모에 의미를 두지 않는 경우가 많아진다. 자신에게 잘해주는 남자를 더 선호하는 경향이 생긴다. 하지만 아직도 "나는 꼭 훈남을 만날 거야!"라는 27살의 당신, 주목!

소개팅, 한마디로 '첫 만남'에 모든 것이 결정 나는 그곳. 톡 까놓고 말하면 여자의 외모와 분위기(여성성)로 처음부터 Go냐 Stop이냐가 결정된다. 메뉴가 나오기도 전에 아니, 메뉴를 시키기도 전에 아니 아니, "안녕하세요?^^" 하자마자 애프터로 가냐 마냐는 결정된 사안이다. 애프터로 가느냐 마느냐는 남자가 결정하는 거니까!

무수한 소개팅을 해줘본 나의 결론은 소개팅 직후 남자가 나(주선자)한테 먼저 연락 오면 애프터까지 가서 90%는 사귀게 된다. 남자가 먼저 여자에 대해 궁금해한다는 것은 반했다는 의미고, 여자 나이 27살쯤 되면 대부분은 소개팅에서 대시하는 남자를 잘 내치지 않고 받아주는 편이기 때문이다. 그 이유는 27살 여자가 중시하는 '스펙'들은 소개팅 전에도 충분히 알 수 있기 때문.

그러나 여자가 먼저 나에게 연락 오면 그 커플은 거의 가망이 없다. 여자가 남자에 대해 아무리 궁금해한다 해도, 남자가 첫인상에서 이미 애프터 유무를 결정했기 때문에 소개팅 후 며칠이 지나도 아무런 일이 벌어지지 않는다. 소개팅 후 애프터 결정권은 남자에게 있기 때문에 여자 혼자 반해도 아무 소용없다. 그럼 어떤 남자가 소개팅 후 나에게 애프터 신청을 할까?

소개팅의 주도권이 남자에게 있기 때문에 승패는 외모에서 결정 난다. 여기서 여자들이 남자를 볼 때 '나이'에 크게 민감하지 않다고 해서 남자도 그럴 것이라는 착각을 하는데, 여자의 '나이'란 '외모'만큼이나 중요하다.

또한 여자들이 남자를 볼 때 '직업'과 '학벌', 그리고 '성격'을 본다고 해서 남자도 그럴 것이라는 착각을 하는데, 남자는 당신만큼 많은 것을 보지 않는다. 여자는 예쁜 게 착한 거란 말도 있다. 웃자고 하는 소리가 아니라 이것이 '팩트'다. 그래도 다행인 건 늘 얘기하지만 남자마다 '예쁘다'는 기준이 다르다. 이제 성격은 빼놓고 냉철하게 스펙만 놓고 소개팅에서 당신이 만나게 될 남자는?

당신이 소개팅에서 훈남을 만나고 싶다면 '어리다'는 스펙은 굉장히 중
요하다. 이제 연봉은 제쳐 두고, 외모만 두고 얘기해보자.

내 외모와 여성적 매력이 7점이라 치자. 그럼 솔직히 외모 7점 이하
(1~7)의 남자를 만날 가능성이 90%다. 특히 소개팅에서는 99%. 내 남자
의 외모는 7점이 최선이라는 얘기다. 당신 나이가 어릴수록 아직 주변의
외모 7점의 남자들이 품절되지 않았고 순진하기까지 하다. 하지만 나이
가 들면 '연봉은 당신 이상이며 외모가 7점인 남자'는 품절되고 없고, 어
쩌다 있어도 바람둥이거나 눈이 높다. 특히 취집(외벌이)은 꿈도 꾸지 말
라.

나와 비슷한 연봉과 외모를 가진 남자?

당신이 30살을 넘긴다면 그런 남자를 만날 확률이 그전에 비해 10분의
1확률로 줄어든다. 이미 다른 어리고 예쁜 여자들이 채 가고 없기 때문이
다. 그러므로 29살이 되면 소개팅에 외모 6점짜리 남자가 나오고, 30살이
되면 소개팅에 외모 5점짜리 남자가 나오게 된다. 당신에게 외모가 중요하

다면 그 사람이 최선이라고 생각하고 잡아야 된다. 아니면 남자의 스펙 중 '연봉'을 포기하라.

우리나라 여자 평균 외모점수는 남자의 평균 외모점수보다 높다. 요즘 여자애들은 중3만 되도 겨울방학에 거의 쌍커풀수술을 한다. 그때 이미 상향평준화가 된다는 얘기다. 그러므로 비슷한 외모의 남자를 만나려면 훨씬 더 분발해야 된다. 희소성의 원칙 때문에 잘생긴 남자의 가치는 예쁜 여자의 가치보다 매우 높기 때문이다.

당신이 30대 초반이 되면, 20대때 그랬던 것처럼 여전히 30대 초중반 남자들을 노리고 있겠지만 그 나이대 남자들은 30대 여자엔 큰 흥미가 없다. 그러므로 30대인 여자가 소개팅에서 20대 시절만큼 대우 받으려면, 여자보다 외모와 매력이 떨어지는 남자를 만나야 한다.

여자들은 30대가 되면 눈이 좀 낮아지는데 비해, 남자들은 30대가 되면 통장에 돈이 쌓이기 때문에 오히려 눈이 높아진다. 여자들이 나름 눈을 낮춘다고 낮춰도 소개팅이 잘 안 되는 이유는 남자들 눈이 높아지기 때문이다. 그러므로 여자가 30대가 되면 외모보는 눈을 생각보다 더 많이 낮춰야 된다.

외모와 여성적 매력에 자신이 없다면 오히려 소개팅에 빨리 나가라고 말하고 싶다. 깨지고 까이면서 이를 갈며 자신을 가꿔라. 어리다는 이유만으로도 소개팅이 순조롭게 흘러갈 수도 있다. 한 살만 더 먹으면 그마저 기회조차 사라진다. 27살이 됐는데, 아직도 남자 외모가 중요하다고 생각하는 여인이라면 그렇지 않은 대다수의 친구들보다 훨씬 더 분발해서 꼭 1~2년 안에 짝을 만나길 바란다.

08

소개팅 필승 전략
– 남심을 녹이는 화장과 패션

소개팅에서 성공하려면 일단 예쁘고 봐야 한다. 외모지상주의라고? 그렇다면 당신은 당신보다 연봉이 적은 남자를 만날 수 있는가? 당신보다 키가 작은 남자는 어떤가? 당신도 진정 자본주의와 외모지상주의에서 자유로울 수 있는가? 소개팅에서 예뻐야 된다는 건 하늘이 알고 땅이 아는 사실이니, 더 이상 시시비비를 가리지 말자.

당신도 어떤 기대감을 가지고 소개팅에 임하는 것이다. 바보 온달을 만나서 자원봉사하려고 나간 것이 아니다. 내 주변에 있는 남자들보다, 지금껏 만났던 남자들보다 더 나은 새로운 남자를 만나기 위해 소개팅에 나가는 것이다. 그렇다면 우리 또한 소개팅에 나오는 남자들의 기대감에 최대한 다가갈 수 있도록 노력해야만 한다.

남자가 해주는 소개팅이 여자가 해주는 소개팅보다 성공률이 높다는 얘기가 있다. 왜 그럴까? 남자가 해주든 여자가 해주든, 여자들이 원하는 남자들의 스펙은 정확하게 수치화할 수 있는 것들이 많다. 키, 연봉, 학벌, 자동차 cc 등.

하지만 남자들이 소개팅에서 만나길 원하는 여자는? 예쁜 여자인데, 앞서 말했듯이 여자들이 봤을 때 예쁜 여자와 남자들이 봤을 때 예쁜 여자는 매우 다르기 때문에 남자들이 해주는 소개팅이 더 성공률이 높은 것이다. 일단 소개팅 후 애프터 여부는 남자에게 달려 있으니까.

〈여자가 여자를 소개팅 시켜줄 때 '여자 말' 해석하기〉

얘 진짜 귀여워. ···▶ 나랑 진~짜 친해.

얘 진짜 예뻐. ···▶ 나보단 안 예뻐.

좀 통통하긴 한데 귀여워. ···▶ 뚱뚱해.

얘는 예쁜지는 모르겠는데, 인기는 많아. ···▶ 졸라 예뻐.

1. 소개팅의 예선전은 그 남자가 원하는 스타일(외모)인지 아닌지로 결정 난다.

"안녕하세요? ^^"라고 인사하는 그 순간 예선전은 이미 끝났다. 나의 아름다운 내면을 아무리 보여줘 봤자 사실 본선에 오르지도 못한다. 이런 냉혹한 현실을 확실하게 인지하고, 예선전을 위해 평소에 자신을 갈고 닦아야만 한다.

차라리 주선자가 소개팅 전에 사진을 달라고 하면 그냥 두말 않고 사진을 주는 것이 낫다. 이때 셀카보단 남이 찍어준 사진이 좋다. 이미 셀카에 너무 많이 속아 본 경험이 있는 남자들은 셀카 트라우마가 있다. 적어도 1m 정도 떨어져서 남이 찍은 사진을 보여주는 것이 베스트.

비교적 객관적이지만, 확실히 실물보단 10% 정도 더 예쁘게 나온 사진을 보여줘라. 나의 첫 실물을 봤을 때 약간의 후광효과를 줄 수 있을 정도로 예쁜 사진이어야 한다. 사진발이 너무 심해서 오히려 실물을 봤을 때 실망을 안겨줄 만한 사진은 옳지 않다. 그리고 얼굴을 가리는 유형의 사진은 절대 비호감이다. 외모에 자신감이 없어 보인다.

2. 강아지상 화장

절대로 섹시한 화장하지 마라. 연예인이 했을 때도 사실 그건 가끔이지, 일반적으로 '혐'이다. 극혐! 솔직히 일반인 중에서 연예인 얼굴에 연예인 전담 메이크업 아티스트만큼 화장을 잘하는 사람은 드물지 않은가? 화장 스타일은 '고양이상'보다 '강아지상' 화장이 좀 더 인기다.

평소에 주로 하던 화장을 하라. 평소에 화장을 안 해? 좀 해라! '내 얼굴에 어떤 화장이 어울릴까?' 하는 모험은 반드시 평소에 하라. 아이라인 모양이라든가, 섀도우 색상이라든가. 소개팅날 괜히 도전했다가 큰 낭패를 보게 된다. 한 듯 안 한 듯 나의 장점을 부각시키고, 단점을 보완하는 화장을 하라. 최대한 자연스럽게 착해 보이게.

남자들이 궁극적으로 바라는 것은 '베이글'이다.

베이비 페이스에 글래머 몸매!

반대로 하지 마라.

섹시 페이스에 베이비 몸매!

3. 화사한 색의 옷, 치마 >>> 바지

패션 또한 소개팅 당일에 모험할 생각일랑 하지 말고, 평소 '여성스러운 패션 상하의'를 한 세트만이라도 계절별로 마련해놓자.

상의는 되도록 밝은 색상이 좋다. 하지만 지나치게 글래머라면 차분한 색상이 나을 수도 있겠다. 그런 경우엔 반드시 목걸이나 귀걸이로 포인트를 주자. 검은 옷은 어릴 때는 시크하게 어울릴 수 있으나 25살만 넘어가도 별로 안 예쁘다. 나이를 먹을수록 밝은 색의 상의가 유리하다. 반사판이 되어 얼굴이 화사해져 어려 보이는 효과가 있다.

이건 클럽에서도 마찬가지. 거기선 특히 하얀 옷이 제일 옷빨 잘 받는다. 너무 어둡기 때문에 하얀 상의나 하얀 원피스가 제일 튄다(내가 클럽 죽순이는 아니라, 이 부분은 정말 큰 확신을 갖고 말할 순 없지만). 아이러니하게도 약간 청순한 느낌이 훨씬 먹힌다. 여자들 거의 다 "내가 존나 세, 내가 제일 잘나가" 느낌이라, 거기서도 희소성이 발현된다고나 할까.

남자들이 제일 좋아하는 패션은 원피스인데, 내가 즐겨 입었던 섹시 스타일은 아니고 청순하거나 귀여운 원피스이다. 너무 딱 붙는 건 안 된다는 말씀. 그렇다고 포대자루 같은 임부복처럼 헐렁한 옷 말고 위에나 아래 둘 중 하나는 살짝 핏 되는 원피스가 좋다.

하의는 다리가 어떻게 생겨먹었든 치마. 아님 원피스를 입어라. 한 여름만 아니면 검은색 스타킹이 당신을 지켜줄 것이다. 여름이어도 괜찮다. 힐은 위대하니까.

키에 따라 3~10cm 범위의 힐을 신어라. 다리가 몇 배는 예뻐 보인다. 하비(하체 비만)라도 괜찮아. 힐의 마법은 단순히 키가 커지는 것이 아니라 몸의 비율을 아름답게 만들어 준다는 것이다. 실제로 10cm 힐을 신어도 키가 10cm 안 커진다. 허리가 S라인으로 휘어지기 때문이다. 하지만 그렇게 상체가 짧아지고 힙은 올라가고, 다리는 전체적으로 얇아 보임으로써 훨씬 비율이 좋아 보이게 된다.

20대 초반에는 '운동화' 스타일을 좋아하는 남자도 꽤 많았는데, 20대 후반이 되니 '하이힐' 스타일을 좋아하는 남자가 훨씬 더 많아졌다. 특히 소개팅에서는 무조건 '구두!'

4. 바디도 블링블링

다리를 드러낼 때는 면도뿐만 아니라, 바디 로션도 챙겨 바르자. 다리가 반짝거리는 것이 더 생기 있어 보이고 각선미도 더 예뻐 보인다. 이건 다리뿐만이 아니라 온몸이 그렇다. 쇄골도 반짝일 수 있도록 하이라이터를 바르고 다닌다. 손발톱에 컬러링까지 안 해도 투명 페디큐어라도 바르자.

여자는 머리부터 발끝까지 반짝여야 한다. 여자 아이돌들은 무릎에 연분홍빛이 돌도록 화장까지 한다고 한다. 그 정도 성의는 못 보여도, 각질 제거와 보습은 바디 노출 시에 잊지 말고 꼭 챙기자. 팔꿈치도!

총론적으로 여자의 화장과 패션에서의 키워드는 '여성성, 청순, 귀여움, 밝은 상의, 치마'이다. 액세서리도 난해한 컨셉은 지양하자(해골이라든가).

앞서 말한 키워드에 맞는 그런 느낌의 패션몰을 찾아서 늘 눈팅도 하고, 사 입어보면서 자신의 몸매에 잘 어울리는 패션을 찾아보자. 연예인, 일반인 중에 비슷한 체형과 이미지의 롤모델을 찾는 것도 좋다. 옷 잘 입는 친구의 조언도 하나하나 소중히 받아들이자.

5. 말투 - 개그콘서트 하지 마라.

개콘 오디션 보러 나간 거 아니다. 개인기 하지 마라. 네가 하늘이 내린 뼈그맨이라고 해도 그 개그는 사귀고 나서 보여주길 바란다. 그 대신 남자가 하는 말에는 무조건 웃어줘라. 예.쁘.게. 박장대소는 하지 말고, 예쁘게 웃어라.

사귀기 전에는 입을 살짝 가리고 웃는 것이 좋다. 하지만 박장대소를 참겠다고 입꼬리를 억지로 내리며 웃는 건 예쁘지 않다. 그렇게 괴상한 미소를 짓는 여자들이 생각보다 꽤 있는데 차라리 손으로 입을 가려라. 꼭 소개팅 나가기 전에 거울 보고 확인해보길 바란다.

남자가 진지한 얘기를 할 땐, 순진한 표정으로 남자의 눈을 바라보며 가끔 고개를 끄덕이면서 경청하는 것이 좋다. 대화에서 남녀의 점유율이 6:4나 7:3이 좋다. 웬만해선 전세를 역전하지 마라.

6. 호감도 표시 - 나는 당신의 애프터를 기다립니다.

이것은 이미 당신이 보여준 '웃음'으로 충분하다. 의미심장한 대사를 날린다거나 하지 마라.

예) 다음엔 ○○ 할까요? ^^ / 다음엔 ○○ 먹을까요? ^^

대신 충분한 웃음을 보여줌으로써 "나는 당신과의 첫 만남이 매우 유쾌했습니다!"를 보여줘야 한다.

결론은 이거다.

'나는 밝은 여자다'라는 전체적인 분위기.

그리고

"당신은 나의 예선전을 통과했습니다"라는 메시지를 전할

충분한 미소.

나의 다양한 매력을 한꺼번에 보여주려고 조바심 내지 말고, 무난하고 순순한 첫인상을 보여줌으로써 남자가 겁먹지 않고 대시할 수 있도록 분위기를 조성하는 것이 소개팅(첫 만남) 필승전략이라고 할 수 있겠다.

나의 다양한 매력과 아름다운 내면을 두 번째 만남(본선전)에서 보여줄 수 있는 기회(애프터)를 만들어내는 것. 거기까지가 첫 만남에서 당신의 목표가 되어야 한다.

백설마녀의 꿀팁!

"이게 다 뭐야. 난 나의 있는 그대로의 모습을 보여줘도 날 사랑해줄 남자를 만날래. 내숭은 싫어. 나의 개그를 숨기다니!"

이딴 ×소리 하지 마라. 첫 만남부터 남자가 추리닝 입고 나와서 불알친구들 앞에서나 할 만한 욕을 해도 당신은 괜찮은가? 그럼 아예 첫 만남부터 스파게티 집 가지 말고 PC방을 가는 건 어때? 거기서 같이 컵라면이나 먹어.

첫 만남을 해장국집에서 할 생각 없다면, 당신도 소개팅에서 만큼은 좀 순순히 있는 것이 좋겠다. 아니면 그냥 주변에서 나의 모든 모습을 알고도 나 좋다고 하는 남자를 만나길 바란다. 엄하게 소개팅에서 찾지 마라.

09
책, 책, 책, 책을 읽읍시다!
- 콘텐츠가 있는 여자

"외적인 거 말고는 보는 거 없어요?"

남편이 물었다. 토요일에 소개팅하고, 일요일에 바로 또 만나서 커피숍에서 얘길 나누고 있던 중이었다.

"백설 씨는 어째 남자 외모만 보는 것 같아서."

소개팅 첫날부터 남자 엉덩이의 미학을 떠들어댄 여자가 이상형에 대해서 한번쯤은 제대로 된 말을 해주길 바라는 일말의 기대에 찬 물음이었다.

"아, 책 읽는 남자요."

그때부터 남편은 자신이 읽은 방대한 문학책들을 뽐내기 시작했다.

외모 외에 내가 생각하는 이상적 남자는 유머 코드 맞는 남자(이게 안 맞으면 아무리 잘생겨도 절망적이다), 책 읽는 남자(수용성이 있고, 대화의 폭이 넓다), 자기 여자 말 잘 듣는 남자(제일 똑똑한 남자는 자신보다 지혜로운 여자를 찾아서 인생의 동반자로 삼는다)다. 연봉은 내 이상만 되면 됐다. 어쨌든 '책 읽는 남자'까지만 말했는데 커피숍에서 나갈 때까지 책 얘기를 하는 남편을 보면서 고백을 받는 건 시간문제라고 생각했다.

콘텐츠가 정~말 없는 사람들, 남자 쪽은 잘 모르겠고 여자 쪽은 주로 어떤 대화를 하느냐? 대화의 엥겔지수가 높다. 어디에 무슨 음식이 맛있다느니 하는 식도락 수준에서 말하는 것도 아니다.

"오늘 ○○ 먹었다."

이 수준을 벗어나지 못한다. 오늘 뭘 먹을지 말고는 관심사가 없다. 그래서 오늘 뭐 먹었는지 말고는 할 말도 없다. 이런 사람과는 애인은커녕 동성 친구도 하기 힘들다.

내가 책 읽는 사람을 좋아하는 이유는 간단하다. ① 수용성, 즉 남의 말을 들을 자세가 되어 있고 ② 풍부한 대화 콘텐츠, 즉 지적 호기심이 많은 사람이기 때문이다.

사람이 관심사(콘텐츠)가 있어야 된다. 정 관심사가 없다면 노는 시간에 소설책이라도 읽어라. 드라마 보는 것보다 낫다.

앞서 말한 심각한 수준의 사람은 카톡 대화를 할 때 더욱더 빛을 발한다. 정말 대화를 이어나가기가 힘들고 대화의 폭이 너무나 좁아서 늘 상대가 대화 주제를 이리저리 바꾸며 리드해야 된다면 초특급 미남, 미녀가 아니고선 짜증나고 재미없는 일이다.

남자도 나이를 먹을수록 여자 외모가 어느 정도 그 남자의 기준치(예선전)만 넘는다면 그 뒤로는 '얼마나 대화가 흥미로울 수 있는가'가 중요하다.

어릴 때야 무조건 예쁜 여자 만나서 자신이 개그맨이 되어서라도 여자를 웃겨가며 만나려고 하지만, 이제 30살이 넘은 남자들은 꼭 그렇지도 않다. 대화가 편하고 즐거운 여자가 좋다. 아무리 예뻐도 머리가 텅텅 빈 여자는 30대 남자를 고민하게 만든다. 서로 대화 수준이 맞고 개그 코드가 맞아서 하는 말마다 빵빵 터지고, 어느 정도 심도 깊은 대화도 가능한 여자를 찾게 된다. 삶의 고민을 허심탄회하게 상담할 수 있는 여자라면 금상첨화!

앞에도 썼지만 제일 똑똑한 남자는 자신보다 지혜로운 여자를 찾아내는 남자다. 학벌을 얘기하는 것이 아니다. 살면서 부딪히는 고민 하나하나를 믿고 상의할 수 있는 여자를 찾는 것이다. 그런 여자가 되려면 삶의 경험이 많아야 하는데, 나같이 겁 많은 온실 속 화초는 책을 많이 읽는 수밖에. 그런데 나처럼 겁이 많지 않아도 삶의 경험이 연상의 남자보다 다양한 스펙트럼을 가지긴 일반적으로 조금 힘들지 않을까?

매력적인 여성이 되기 위해 콘텐츠가 있는 사람이 되자!

콘텐츠가 있는 사람이란?

1. 관심사가 있다.
2. 취미가 있다.
3. 목표가 있다.

이런 사람과의 대화는 계속해서 그 사람에 대한 호기심을 자극한다. 외모를 떠나 '매력 있는 여자'란 소리를 듣는 여자는 바로 그런 여자다.

10
20대엔 만나요

이 글은 오직 20대 여자들을 위한 글이다. 결혼을 안 할 거면 상관없지만 결혼을 할 거라면 20대엔 만나야 한다. 누구를? 남편감을.

내가 26살 2월에 솔로가 되자, 아빠가 말씀하셨다. (그것도 자주)

"내년 되면 누가 너 만나냐? 올해 빨~~~리 만나서 시집가라."

어릴 적부터 온 동네에 딸바보로 소문나 있는 아빠 입에서 어떻게 저런 말이 나올까? 알다가도 모를 속이다.

"아빠! 내가 20대 후반도 아니고, 진짜 너무한 거 아냐?!"

물론 나도 절대 질질 끌 생각 없이 바로 다음 남자를 만날 생각이었지만 아빠 말처럼 절박한 상황은 아니라고 생각했다. 그런데 내 폰에 있는 그 수많은 남자들을 아무리 들여다봐도 조금이라도 괜찮은 남자들은 죄~다 애인이 있는게 아닌가. 그리고 이제 와서 이 남자들 중 하나를 만난다는 것도 역시 웃기는 일인 듯했다.

그제야 아빠 말이 맞다고 생각했다. 끝이다. 아무리 둘러봐도 연상의 괜찮은 남자들은 다 애인이 있었다. 고작 이 나이에 이런 현실에 부딪힐 줄이야. 하지만 소개팅은 해본 적도 없었고 하고 싶지 않았다. 그럼에도 불구하고, 새 남자! 새 남자를 찾아야 했다!

그래서 매 주말 클럽에 갔다. 잘생긴 남자는 많았지만 어찌나 머리가 텅텅 비어들 계시던지. 결국 7주간 잘 놀고 나서야 '소개팅 말고는 답이 없구나' 하고 큰 깨달음을 얻었을 때 평소 친하지도 않던 형이 소개팅하지 않겠냐고 접근해왔고, 그 주말에 나는 남편을 만나 그 해 결혼에 골인했다.

그렇다. 난 실행력이 빠른 편이다(추천 도서 《실행이 답이다》). 내가 '빠른'이라서 26살이라고 적었는데, 내 친구들은 27살이었던 해였다. 그때 이미 주변을 둘러보니, 정말 괜찮은 연상 남자들은 죄다 짝이 있었다. 내가 헛짓거리(별로였던 남자랑 장기 연애)할 동안 괜찮은 남자들은 이미 잡을 수 없는 곳에 있었다. 사실 지금 생각하면 그 '괜찮은' 남자들이 누군지 기억도 안 나지만, 그땐 주변을 둘러보니 그런 생각이 들었었다.

나는 20대 후반의 여자들이 이런 위기감을 좀 가졌으면 좋겠다. 평생 결혼할 생각이 없거나, 그저 그런(그 나이 되도록 아무도 안 모셔간) 남자랑 결혼할 거라면 상관없지만.

연상의 남자를 만난다는 가정하에 30대가 되어서 남자를 찾는다 치자.

'30대 초반'의 남자에게 30살 여자란?

외모가 7.5점 이상은 되어야 만난다. 그게 아니면 굳이 30살 여자를 만날 필요 있나? 29살 만나면 되지.

'30대 중반'의 남자?

그 나이가 되도록 아무도 안 모셔간 남자, 괜찮다면 상관없다. '나처럼 운이 나빠서 일거야. 나에게는 매력 있는 왕자님이 될 수도 있겠지?'라는 생각으로 모셔가라.

'30대 후반'의 남자?

그 나이가 되도록 아무도 안 모셔간 남자, 괜찮다면 상관없다. 나이 차? 뭐 별건가.

그렇다. 여자가 30대가 되어도 위에 쓴 만큼 쿨한 마음먹고, '그 나이가 되도록 아무도 안 모셔간 남자'라도 괜찮다면 결혼할 수 있다. 하늘 아래 노총각은 많고, 나도 이 나이 먹도록 혼자니까 말이다.

근데 그게 아니고 정말 괜찮은, 누구라도 탐낼 만한 남자를 만나고 싶다면? 한마디로 내 눈이 조금이라도 높다면?

본인이 '8점 이상의 미인'이라는 확신이 있으면 30살이 되도록 씹고 뜯고 맛보고 일하면서 즐겨라. 하지만 '8점 밑'으로는 정신 차리자. 본인 눈이 안 높으면 그나마 다행이지만, 눈이 살짝이라도 높고 30대가 됐는데도 어디 가서 '8점 이상' 소리를 들을 정도가 아니라면 정신 차려야 된다.

20대에 결혼하라는 말이 아니다. 20대에 적어도 '결혼할 수 있는 남자'

를 만나라는 것이다. "나는 연애만 실컷 하고, 30대에 결혼할 사람 만날 거야"라는 소리는 하지 마라. 굳이 그렇게 힘든 길을 가지 말라는 얘기를 하고 싶다. 30대에 결혼하겠다는 건 괜찮지만, 30대에 결혼할 남자를 만나겠다는 고행길에 굳이 오르지 않길.

11

썸 타는 중
절대 도움 안 되는 카톡 멘트

1. ㅠㅠ, ㅜㅜ

습관적으로 'ㅜㅜ', 'ㅜㅜ' 같은 이모티콘을 자주 쓰는 사람들이 있다. 습관적이라는 건 'ㅋㅋ'나 'ㅎㅎ' 또는 'ㅆㅆ'가 들어가도 되는 곳에 굳이 매번 눈물 이모티콘을 넣는다는 것이다.

"저 지금 학교예요ㅋㅋ", "이제 밥 먹어요ㅆㅆ" 하면 되는 것을

"저 지금 학교예요ㅜㅜ", "이제 밥 먹어요ㅠㅠ" 이런 식으로 쓰는 것이다.

그냥 비호감이다. 누차 말하지만 남자는 '밝은 여자'를 좋아한다. 우울하게 굴지 마라.

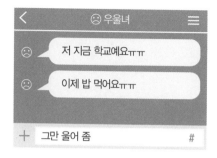

⊕ 자매품 – 땀_;;;

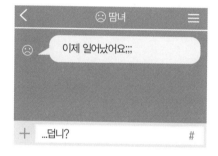

2. ㅋㅋ 또는 ㅎㅎ×100

ㅋㅋ나 ㅎㅎ를 미친 듯이 많이 쓰지 마라.

> ㉠ 정신 나가 보인닼ㅋㅋㅋㅋㅋㅋㅋㅋ
> ㅋㅋㅋㅋㅋㅋㅋㅋㅋㅋㅋㅋㅋㅋㅋㅋ
> ㅋㅋㅋㅋㅋㅋㅋㅋㅋㅋㅋㅋㅋㅋㅋ

> ㉠ 진지해 보이지도 않공ㅎㅎㅎㅎㅎ
> ㅎㅎㅎㅎㅎㅎㅎㅎㅎㅎㅎㅎㅎㅎ

3. 단답형 또는 덕담형 대답

"백설 씨, 밥 맛있게 먹었어요?"라고 왔을 때

〈바보 답안 1〉 단답형

〈바보 답안 2〉 덕담형

더 이상 할 말이 없게 만드는 경우다.

사실 이 답안들은 주로 관심 없는 남자에게 보내게 되는 카톡 답장인데, 진정한 바보들은 썸남에게도 이런다는 것이다. 카톡할 맛이 안 난다. 재미없다.

〈모범 답안〉

이런 식으로 나도 '?(물음표)'를 보내주는 것이 좋다.

 백설마녀의 꿀팁!

상대방과 나 '누가 더 서로에게 관심 있나?'를 알 수 있는 건 누가 더 '?'를 많이 썼느냐에 따라 추측해 볼 수도 있다. 상대방에 대한 호기심 정도의 척도가 되는 물음표. 나는 계속 '?'를 보내는데, 썸남이 저 '바보 답안'처럼 답장이 온다면? 밀당을 시전하거나, 얼른 때려치우고 딴 남자 찾아야 할 타이밍!
왜?
그는 모쏠이거나, 혹은 그는 당신에게 반하지 않았다.

12

SNS 해도 될까?
+카톡 프로필 사진, 상태 메시지 나쁜 예

결론부터 말하자면 안 하는 것이 제일 좋다. SNS 하나 탈퇴하고 나면 삶이 윤택해짐을 느낄 수 있다. 정말 좋다. 요즘은 군이 SNS 안 해도 카톡에 단톡방이 많이 있으니까 주변인들의 상황은 단톡방으로도 많이 알 수 있다. 그래도 정 SNS를 못 끊겠다 싶으면 사진 위주로 해라.

예) 먹스타그램

글은 최소한으로만 적어라. 사실 그마저도 안 하고 '눈팅'만 할 수 있는 정도가 제일 좋다. 글이 길어지면 뻘소리가 나올 수밖에 없다.

> **뻘소리란?**
> 썸남 정 떨어지게 하는 글, 애인과의 싸움을 조장하는 글

실제로 나는 페북 폐인이었는데, 그때 사귀던 애인이 내가 쓴 글들을

보고 자꾸만 시비를 걸어서 더러워서 탈퇴했다. 탈퇴 동기는 짜증났지만, 탈퇴하고 나니 의외로 너무 좋아서 그 점에선 오히려 감사한 마음을 가지고 있다.

오픈형 SNS를 탈퇴하면 좋은 점 ───────────────○

1. 시간을 더 유용한 곳에 쓸 수 있다.

난 굳이 SNS를 안 해도 평소에 워낙 카톡을 열심히 하는 사람이라, SNS까지 했더니 댓글 단다고 하루가 다 갔다. 그렇게 하루 종일 폰 붙잡고 있는 거 옆에서 보면 정말 한심하다.

2. 타인에 의해 기분이 널뛰기하지 않는다.

SNS에서 건너건너 들어가면 있는 예쁜 여자들을 보면 기분이 우울해졌다. 길거리에 있는 예쁜 여자들을 보면 기분이 좋았지만, SNS에서 지인의 지인들 중 예쁜 여자를 보면 왠지 우울했다. 이런 쓸데없는 감정에 휘둘리지 말자. 모르는 여자 때문에 자신감만 떨어지고 그 또한 괜한 오지랖이다.

3. 엄한 쓸 개소리를 인터넷에 남기지 않아서 좋다.

앞서 말했듯 남자와의 싸움을 조장하거나 흑역사를 만들 수도 있다.

백설마녀의 꿀팁!

1. SNS를 통해 지금 내 애인이 누군지, 애인과 어디를 갔는지 일일이 공개하지 마라.
   특히 여행 사진은 '애인 없는 사진' 위주로만 올려라.

2. 카톡 프사에도 애인 사진 자주 해놓지 마라.
   상견례까지 했으면 모르겠는데, 하여튼 결혼 전까지는 비추다. 애인으로 하여금 '아, 얘가 완전 나한테 뿅 갔구나!'라고 생각하게 만든다. 별로다. 스스로가 '잡힌 물고기'임을 만천하에 뽐내는 일이다.

3. 썸남이 있을 땐 프사나 상태메시지에 우울한 거 해놓지 마라.
   기억하라. 남자는 '밝은 여자'를 좋아한다. 조카든 뭐든 '아기 사진'도 비추다. 아줌마(애 엄마) 같다. 여성스러운 사진이나 셀카가 무난하다.

13

여자가 해야 할 일은 '고백'이 아니라

여자가 해야 할 일은 '고백'이 아니라 '유혹'이다. 그렇다면 유혹은 어떻게 해야 하는가?

1단계. 그 사람 눈에 내가 예뻐야 된다.

이것은 절대불변의 진리!

예선전을 통과하지 못한 사람? 포기해라.

패자부활전? 다시 만났을 때 정말 화들짝 놀랄 만큼 예뻐지는 수밖에 없다.

2단계. 특히, 웃을 때 예뻐야 된다.

이 책에서 내가 가장 많이 강조하고 있는 것이다. 웃는 연습해라.

3단계. 웃으면서 '먼저 인사'하라.

먼저 고백하지 마라. 인사만 해라.

"안녕? ^_^)/", "안녕하세요? ^o^)/"

반드시 눈을 마주치고 웃으면서 인사하라. 남들에게 하는 것과는 좀 다르게 활짝 웃으면서 밝게!

이 1~3단계까지만 해도 충분하다. 더 이상 여자가 할 것이 없다. 아니, 할 수 있는 것이 없다. 정말 슬프게도. 더 이상 적극적이어봤자 별 도움이 되지 않는다. 그런 점에서 나는 남자들이 진심으로 부럽다.

남자에게 '먼저 인사'하는 여자는 어떤 여자로 인식되는 것인가? '쟤는 꼬시면 넘어오겠다'라는 생각이 들게 만든다. 정말이냐고? 남자들 도끼병은 생각보다 훨씬 만연해 있다.

소녀시대로 예를 들면 가장 인기가 많은 멤버는 '태연'이다. '윤아'처럼 누가 봐도 연예인 포스를 풍기고, 톱스타 정도는 되어야 말 걸 수 있을 것 같은 여자가 아니라. 또한 아이유처럼 귀여운 동생 느낌을 좋아한다. 수지는 요즘 이미지가 너무 '고급스러워져서 예전에 비해서는 화력이 좀 떨어진다고 생각한다. 그런 고급스럽고 화려한 이미지는 8의 남자를 넘어서 거의 자신을 '9의 남자' 정도로 인식하는 애들이 좋아한다고나 할까.

그래서 역시 가장 다수의 남자들에게 인기가 많은 것은 7의 여자 스타일이다. 태연과 아이유가 고작 7의 여자냐고 따지지 마시고, 7의 여자 '이미지'라는 뜻이다. 옷도 화장도 머리도 수수하다. 정석적 미인형보다는 귀여움이 좀 더 남자들의 대중적 인기를 얻는다. 점점 화려해지는 소녀시대와 수지는 남자보다는 여덕몰이로 타깃을 변경한 것 같다.

어쨌든 수수한 스타일의 여자를 좋아하는 심리는 일단 '만만하고 꼬실 수 있는 여자'한테 호감이 간다는 얘기다. 남자가 자신감을 가지고 다가올 수 있도록 하는 것. 그게 여자가 할 수 있는 '유혹'이다. 섹시한 옷으로 꼬시는게 절대 아니란 말씀!

어차피 패완얼, 패완몸이니까 얼굴과 몸매를 열심히 가꾸고, 대신 스타일링은 수수하게 한다. 그리고 웃는 얼굴로 먼저 인사를 하자.

고백을 할랑 말랑한 단계에선 여자가 조금 더 남자에게 확신을 주면 된다. 나는 썸을 즐기지 않는 여자라, 고백 못하고 우물쭈물하는 남자들한테 항상 아주 산뜻하게 말했다.

"우리 그만 만나자. ^^"

"응? 무슨 말이야?"

"난 널 친구로 생각하는데, 넌 아닌 거 같아서 ^^"라고 엄청난 확신을 가지고 말했다.

100이면 100 나에게 매달렸다. 사귀자고. 뭐, 나도 안 좋아하니까 저딴 식으로 말했지. 그렇게 매달리는 남자들을 거의 다 정리했다. 나쁘진 않다 싶으면 사귀고. 덕분에 "사귀자"라는 '뜬금 고백'은 못 받아봤다. 썸을 못 견디는 여자인 나는 예기치 못한 고백을 받는 것이 작은 로망이었다.

그런 나에게 처음이자 마지막으로 고백을 해준 사람은 바로 남편이었다! 떨려 죽는 줄! 토요일에 소개팅하고, 일요일에 또 만나고 월요일엔 내가 어디 멀리 있어서 못 만나고, 화요일에 다시 만났을 때였다. 처음 만난지 4일째이자 3번째 만남임에도 불구하고, 이번에 고백 못 받으면 짜증나 죽을 것 같았다. 그만큼 나는 남편이 너무 좋았고, 여전히 썸이 싫었다.

저녁 먹고 나서 남편 차에 탔다.

남: 어디 갈까?

여: 어디든지요. ^^

남: 멀리 간다? ㅋ (농담)

여: 상관없어요. ^^

이런 식으로 완전 '좋아하는 티'를 냈다. 여자가 아주 '열린 마음'을 보여주는 것이다. 물론 4일 중 3일을 먼저 만나자고 남자가 데이트 신청을 하는 상황이니 내가 확신을 가지고 마음을 내비친 것이었다. 이쯤 되면 여자는 '고백할 용기'를 주면 된다. 스킨십 할 용기가 아니라.

어두운 바닷가에 차를 세우고 남편이 말하다가 갑자기 내 손을 덥석 잡았다. 그게 내가 들은 처음이자 마지막 고백.

여: (뿌리치면서) 헐! 뭐예요?

남: (안 놓치면서) 백설아, 나랑 사귀자!

※ 이 타이밍에서 손 안 뿌리치고 가만히 있다가는 "사귀자"는 말을 영영 못 듣는 불상사를 초래하게 된다. 사귀자는 말 듣기 전에는 스킨십을 일절 뿌리칠

줄 알아야 된다.

다시 한번 강조한다. 좋아하는 티를 팍팍 내도 고백 안 하는 남자한테는 "우리 이제 (이렇게 따로) 그만 만나자^^"라고 산뜻하게 말하라. 무겁지 않게!

"응? 무슨 말이야?"

"그냥… 자꾸 애들이 우리 사이 물어보고 좀 오해받는 거 같아서"라고 해버리자.

매달리거나, 놓아주거나 둘 중 하나겠지. 널 놓아주는 남자라면 너도 놓아주는 것이 정신 건강에 좋다. 이럴 용기가 없다면 썸을 즐기면서 계속 예뻐지는 모습과 다정한 모습, 똑똑한 모습을 보여줘라. 영 못 견딜 때는 "그만 만나자"라고 먼저 얘기하는 것이 좋다. "우리 사귀자"라는 말만은 하지 말자. 네버!

♥ **백설마녀의 꿀팁!**

남자는 기본적으로 나르시시즘(narcissism, 자기 자신을 사랑하는 일. 또는 자기 자신이 훌륭하다고 여기는 일)이 있는 존재이기에 '자신이 뱉은 말'을 책임지고 싶어 한다. 그래서 너에게 "사귀자"고 말한 남자는 웬.만.해선 너를 찰 수 없다. 자기가 먼저 고백했던 여자에게는 '여자를 차는 남자'보다는 '여자한테 차이는 남자'쪽을 자처하는 것이 남자다. 너에게 차이려고 온갖 애를 쓰거나, 차라리 바람을 피겠지. 여자로서는 이해하기 힘든 나르시시즘이지만 그게 바로 남자다.

네가 먼저 고백해서 만들어낸 사이는 남자에게 그런 '책임감'조차 부여할 수 없다. 가슴이 아니라, 머리로 이해하시길.

14

남자 눈에
콩깍지를 씌우는 법

생각해보면 자존감이란, '얼마나 뻔뻔할 수 있느냐'로도 바꿔 말할 수 있지 않을까? 나는 굉장히 뻔뻔한 사람이다. 아니, 평범한 여자들 사이에서는 꽤나 뻔뻔한 축에 속하는 것 같다.

대딩 때도 극도로 뻔뻔해서 아침, 점심에 양치를 안 했다.(←자랑!?) 초중고딩 때는 집에서 아침, 저녁을 먹고 양치를 시켜서 했는데, 점심 때는 학교에서 혼자 안 하고 버텼다.

'자기 전에만 하면 되는 거 아냐? 충치는 밤에 생기니까.'

양치는 하루에 한 번 하면 되는 걸로 혼자 생각했다. 학교에서 점심시간에 남들 다 하는데도 혼자서 납득이 안 되면 안 하는 그런 뻔뻔한 사람이었다.

솔직히 양치는 하루 세 번 해야 되는 걸 회사 와서 알았다. ―기 보단 깨달았다. 왜 그랬을까. 덕분에 이가 누렇다. 그래도 임신하고 커피를 끊으니까 이가 많이 밝아졌다. 모유 수유가 끝나고 나서는 치아 미백도 했다.

여하튼 난 그런 뻔뻔한 인간이란 말이다. 이런 얘기를 남편한테 하면서 덧붙였다.

"나랑 사귄 애들 정말 대단하지 않아? 양치 안 하는 애랑 사귄 거."

"나라면 바로 헤어진다."

음, 내가 생각해도 나랑 못 사귈 것 같다. 전남친은 사귀자마자 칫솔 치약 세트를 나한테 사줬었다. 난 받자마자 보란 듯이 학교 사물함에 넣어버리며 깔끔하게 무시했다. 이것 보라. 역시 사람은 사람을 바꿀 수 없다.(←자랑!?)

사람이 너무 당당하고 뻔뻔하면 옆에서 보는 사람의 가치관도 흔들리게 된다. 내가 너무 당당하니까 양치 안 하는 여자랑도 별말 없이 사귀는 애들이 나오는 것이다.

가격 후려치기(6교시 '자존감 도둑, 가격 후려치기' 참고)도 마찬가지. 어려서 아무것도 모르는 여자한테 어떤 늙은 놈이 와서 너무 당당하게 가격을 막 후려치면 '진짜 그런 건가?' 싶은 것이다.

내가 염색이 잘못되면 애들은 내가 투톤 염색한 줄 알고, 내가 다 헤진 스타킹을 신고 다니면 사람들은 이게 요즘 유행이냐고 물었다. (그때의 난 패완얼, 패완몸에 너무 심취해서 얼굴, 몸매 외엔 크게 신경 안 썼다. 지금은 남편이 하도 내 전신사진을 찍어서 헤어나 패션에도 신경을 쓰게 됐다. 특히 헤어!)

하여간 뻔뻔해지란 얘기다. 10대엔 불가능한 얘기다. 사춘기 시절엔 '모두가 날 본다'는 강한 착각에 사로잡혀 있기 때문이다. 20대가 되면 깨달을 때도 됐다. 사람들은 나에게 관심이 없다. 내가 좋아하는 사람들이 날 욕하면 슬프겠지만, 관심도 없는 것들이 날 욕하면 don't care하자. 먼지 같은 가벼움 속에 사라질 가십이다. (추천 도서《미움 받을 용기》)

뚱뚱해도 남자 잘만 사귀고, 잘만 시집가는 애들이 있다. 그런 애들이랑 대화를 해보면 전혀 자신이 뚱뚱하다는 생각을 1g도 안 하는 것 같다. 그냥 그게 보인다. 눈빛과 자세, 제스처에서. 마치 평범한 몸매의 여자처럼 당당하게 눈을 뜨고, 허리를 곧게 펴서 앉는다. 치마를 입기도 하고 화장은 물론이고 머리도 예쁘게 꾸민다. 절대 자신을 '하대'하지 않는다. 늘 남들 앞에 서는 것이 당당하다. 어떤 이는 못생긴 편이어도 자기 셀카를 당당하게 카톡 프사에 해놓는다.

내가 365일 킬힐을 신고 다닐 때는 처음 보는 남자애들이 내 키가 160이 안 되는 걸 잘 몰랐었다. 당연히 160이 넘는 줄 알더라.

이게 어설프게 당당하면 욕먹는다.

"쟤는 뭐 믿고 저래?"

근데 정말 정말 1g의 의심도 안 들 정도의 당당한 눈빛과 미소를 가진 여자가 그러면 가치관이 흔들리는 사람들이 있다. 눈에 콩깍지가 씌었다고 해야 되나? 아우라에 압도당한다고 해야 되나? 그렇게 '가치관이 흔들린' 남자들이 대시를 해서 사귀게 된다.

아무리 예쁜 여자도, 자기가 얼마나 예쁜지 모르고 자신의 가격을 후려치는 남자에게 정신이 팔려서 을의 자세로 사귀는 케이스가 많다. 반면 뚱뚱하거나 못생겨도 당당하게 대시 받아서 잘 사귀는 애들이 있다.

그렇다고 지금 내가 말하는 건 살 빼는 것을 중단하거나, 머리 기르는 것을 포기하라는 것이 아니다. 지금 당장 진심으로 그 정도로 당당하지 않다면 열심히 꾸미는 것을 멈추지 말아야 한다.

길거리 여자들과 나를 비교하는 '상대적인 미(美)'의 기준이 아니라, 자신이 스스로 거울을 봤을 때 저절로 미소가 나오는 어제보다 예쁜 나를 향한 '절대적인 미(美)'의 향상을 느끼면서 자존감을 키워나가길 바란다. 그리고 뻔뻔해져라. 당신은 충분히 사랑받을 가치가 있는 여자다.

3교시

당신의 썸남이
어장남인 이유

향수 뿌리지 마 이러다 여친한테 들킨단 말야

반짝이 바르지 마 이러다 옷에 묻음 안 된단 말야

내 말만 들어 넌 내 거 중에 최고

틴탑 〈향수 뿌리지 마〉

01
'사귀자'는 말을 하지 않는 남자의 심리

분명히 확실하게 썸을 타고 있는데, 심지어 키스(섹스)도 했는데 "사귀자"는 말을 하지 않는 남자의 심리는 뭘까? 일단 '사귀자'는 말을 하는 남자의 심리는 철저하게 "네가 다른 사람과 섹스하는 게 싫다"(첫인상 4단계)는 뜻이다.

네가 다른 사람과 섹스하는 게 싫다. ····▶ 사귀자.

바꿔 말한다면, 당신에게 "사귀자"고 하지 않는 남자는 '네가 다른 사람과 섹스해도 상관없다'는 것이다. 고로 분명 사귀는 무드로 썸이 한참 진행됐음에도 불구하고 "사.귀.자."는 이 3글자를 입 밖에 꺼내지 않은 남자가 있다면? 당신은 썸을 타고 있다고 생각하지만, 그 남자에게 당신은 썸녀가 아니라 어장 속 물고기 중 하나일 뿐 그다지 희소성 있는 존재가 아니라는 뜻이다.

그러므로 당신도 그 남자에게 그렇게 큰 의미를 두지 말고 다른 남자를 물색하길 바란다. 다른 남자를 만나는 당신을 보면 그가 마음이 동할 수도 있지만 큰 기대는 하지 마시길.

"사귀자"는 말도 안 했는데 키스(섹스)를 두 번 이상 했다면?

그냥 모든 기대를 접고 최대한 빨리 다른 남자를 찾아 나서라. 가망이 없는 관계다. 어느 날 갑작스런 키스(섹스)를 한 번 하고 나서 남자가 정식으로 사귀자고 한다면 해피엔딩이지만, 하고 나서도 사귀자고 하지 않는 남자는 당신이 다른 놈과 키스(섹스)를 해도 상관없다는 뜻이다.

이 경우, 그 남자와 사귀고 싶다면 "사귀자"고 육성으로 말하기 전엔 털 끝 하나 건드리지 못하게 하라. 당연히 손도 잡으면 안 된다. 그날의 일은 피차 간의 실수였을 뿐이라는 뉘앙스가 중요하다. '기분이 좋다/나쁘다' 아무런 표현도 하지 않아야 한다.

"우리 무슨 사이예요?"라고 묻는 건 사귀자는 말을 종용하는 행위일 뿐이다. 먼저 나서서 관계를 규정지으려 하지 마라. 부담스럽다. 아무일 없었던 듯 굴어야 한다. 무의미한 '어쩌다 일어난 행위'였을 뿐이란 듯이. 분명 기억나긴 하지만, 마치 필름이 끊겨서 기억조차 나지 않는 사람처럼 굴어라. 그날 일을 언급하지 마라.

오히려 여자 쪽에서 이렇게 완전히 중립적으로 애매모호한 태도를 보인다면, 남자는 "귀찮게 굴지 않아서 좋지만 내 키스(섹스)가 별로였나?"라는 생각이 들기 시작할 것이다. 운이 좋다면 당신의 의중이 궁금하여 대시를 시작하게 될지도 모른다.

이 모든 상황을 견디지 못하고 당신이 먼저 "사귀자"고 하면 상황이 어떻게 될까? '용기'라는 말로 포장하지 마라. 그건 '포기'다. 될 대로 되라! 그 상황에선 남자가 고백을 받아들여도 좋지 않다. 안 그래도 남자들은 지 잘난 맛에 사는 게 대부분인데, 그 발밑으로 기어들어가는 짓은 하지 말자.

'난 니가 딴 남자랑 키스(섹스)를 해도 상관없는데, 왜 내가 딴 여자랑 키스(섹스)할 기회를 빼앗니?'

이런 기분이 들고, 보상심리로 당신에게 대접 받길 원한다. 남자가 사귀어 '주는' 상황이니까. 하지만 당신이 아무리 잘해 준들 그를 만족시킬 방법은 없으니, 이번 연애는 깨끗이 포기하고 깊이 반성한 뒤 다음 상대를 찾자.

엔조이라느니 쿨한 말로 포장하지 마라. 그건 둘 다 '관계'에 대해 아무런 언급조차 하지 않는 상황에만 가능하다.

"우리 사이 뭐예요?"라고 남자가 물어도,

"뭐라니요?"라고 말하고 치울 수 있는 관계가 엔조이다.

그런 대답을 할 수 없다면, 쿨한 척은 그만하고 진심으로 뜨거운 사랑을 하길 바란다.

보충수업

고백 대신 손부터 잡는 남자들이 있다.

그 손 당장 뿌리쳐라!

조신하게 굴라는 얘기가 아니다.

그렇게 어물쩍 사귀는 것도 아니고 아닌 것도 아닌 관계로 넘어가지 마라.

그 관계는 남자가 아무것도 책임질 것이 없는 관계이기 때문이다.

섹스하고 흐지부지 연락이 끊겨도 너는 아무 할 말이 없다.

'정식으로' 사귀는 사이가 아니기 때문이다.

별거 아닌 것 같아도 중요하다.

우스운 꼴 당하기 싫으면 손도 그냥 잡히지 말라.

헤어지는 양상은 다양할 수 있지만, 사귀는 형태는 단 하나만 유효하다.

"사귀자"는 말을 직접 듣기 전에는 사귀는 것이 아니다.

02
왜 여자가 고백하면 안 되나요?

'왜 여자가 고백하면 안 되나요?'라고 묻는 당신. 왜 이렇게 묻고 싶은 것인가?

⋯ 남자가 심드렁하니까.

⋯ 남자가 사귀자고 안 하니까.

⋯ 그는 당신에게 반하지 않았으니까.

⋯ 그는 어장남이니까.

⋯ 그 사람은 우유부단하니까.

⋯ 그 사람은 너를 속박할 생각이 요만큼도 없는데, 당신은 속박하고 싶으니까.

⋯ 그 사람은 너를 공식적으로 자기 여자라고 밝히기 부끄러운데, 당신은 너무나 공식적으로 자랑하고 싶으니까.

⋯ 그 사람은 그냥 너랑 키스(섹스)만 하고 끝내고 싶은데, 당신은 속박

하고 싶으니까.

한마디로 그 사람한테 너는 별로 소중한 사람이 아니다. 희소성이 없다. 너보다 예쁜 사람 만나고 싶어 한다. 너보다 예쁜 사람 만날 수 있다고 생각한다. 그래서 굳이 너랑 사귈 필요가 없다.

사귀자고 안 해도, 부르면 너는 나오니까.

사귀자고 안 해도, 키스하면 너는 가만히 있으니까.

사귀자고 안 해도, 섹스도 할 수 있다.

굳이 너한테 속박당할 이유가 없다. 그러다가 더 예쁜 여자가 걸려들면 그냥 그 여자한테 가면 된다. 왜냐? 남자가 사귀자고 안 했으니까. 네가 화내면서 잡아봤자, 남자는 할 말 있다.

"왜? 우리 사귀는 사이도 아니잖아."

지금 너는 고백하고 싶어 죽겠지? 근데 바꿔 생각해봐. 너는 고백하고 싶어 죽겠는데, 그 사람은 왜 너한테 고백 안 하는 걸까? 너는 얼른 고백해서 그 사람을 속박하고 싶은데, 반대로 그 사람은 너한테 속박당하기 싫으니까 고백 안 하는 거야.

근데도 네가 먼저 고백하고 싶어? 그 남자가 원하는 건 그게 아닐 텐데. 그냥 더 예쁜 여자 만나기 전까지 너랑 놀고 싶은 것뿐인데. 그러지 마. 너는 그 사람한테 소중한 사람이 될 수 없어. 절대!

예의와 상식이 있는 남자를 만나자. 사귀자는 '말'조차 입에 못 올리는 남자가 '행동'으로써 널 행복하게 해줄리가 만무하다. 절대! 네버 에버.

03

남자의 진심은
말이 아닌 행동에서 보인다

상담 신청한 여성분들의 사연을 읽을 때, 내가 보는 건 그 남자의 '말(카톡)'이 아닌 행동'이다. 사연녀가 자신의 사연에 희망을 부여하고 싶어서 그 남자가 했던 달콤한 말들을 모조리 적어 놓지만 전혀 나의 관심을 끌지 못한다. 내가 형광펜 긋고 읽어야 할 부분들은 '동사' 부분이다. '그 남자가 이 여인을 보러 여인이 있는 곳까지 온 적이 있는가?' 이게 제일 중요한 키포인트다. 말로는, 카톡으로는, 전화로는 뭔 말을 못 씨부리겠는가?(사귀자는 말 빼고) 남자가 발품 팔아가며, 기름 써가며, 시간 써가며 여인을 만나러 직접 왔느냐가 가장 중요한 관점이다.

혹여 어디 다른 곳에라도 연애 상담글을 올리고 싶은 분이 계시다면, 그냥 혼자 조용히 책상에 앉아서 그 남자가 나에게 한 '행동'에 대해서만 쭉 적어보시기 바란다. 그 남자가 했던 '말'은 절대 적지 말고 말이다.

일주일에 몇 번 데이트를 하고, 데이트 신청은 누가 하고, 내가 쓴 돈과 내가 간 거리는 얼마고, 그 남자가 쓴 돈과 시간, 거리는 얼마인지 통계를 내보길 바란다. 그렇게 적어봤는데도 불구하고 "이 남자가 나를 어떻게 생각하는지 헷갈려요"라고 상담하고 싶다면 사실 99%는 당신을 '심심풀이 땅콩'으로 생각한다는 것이 나의 지론이다. 남자의 사랑은 숨길 수가 없는 것이기 때문이다.

그런 류의 상담을 해줄 때마다 나는 이놈 이야기를 해준 것 같다. 어떤 놈이냐면, 매일 아침 눈 뜨자마자 카톡이 와서 자기 전까지 카톡이 오는 놈이 있었다. 애석하게도 그놈에게 첫눈에 반했었던 나는 당연히 좋~다고 카톡을 받아줬었는데, 그렇게 몇 주가 지나도 이놈이 만나자는 말을 안 했다. 결국 내가 먼저 만나러 몇 번 갔었고. 그러다 짜증 나서 내가 카톡을 몇 번이나 씹었는데도 계속 매일 같이 카톡이 왔었다. 진짜 속에서 천불이 나는 상황!

결국 그렇게 몇 개월이 지나고 나는 고백(이라고 쓰고 '모든 걸 포기하고 나를 내던지는 행위'라고 읽는다)을 해버리고 상황을 종식시켰다. 어찌나 속이 시원하던지. 당연히 차였다! 나한테 맨날 먼저 연락 오는 놈한테! 그래서 나는 또다시 연락하면 죽여 버리겠다는 뉘앙스로 마지막 카톡을 보냈다. 이 케이스는 내가 6교시 '밀당의 고수 上- 첫인상 5단계'에서 말할 2단계였던 것이다. 그 또라이는 내가 자기를 좋아하는 걸 알면서 모르는 척 갖고 논 것뿐이었다.

그런 상황을 한 번 겪고 나니, 상담을 받을 때마다 여인들이 적어놓은 썸남의 달콤한 말들과 카톡을 볼 때마다 코웃음을 칠 수밖에 없었다. 그 누굴 데려와도 내가 겪은 또라이보다 심한 사람이 있었을까? 그 인간은 길에서 보면 발로 까버리고 싶다 한번쯤은.

그러니까 결론은 썸을 탈 때 주둥이로, 손가락으로 하는 건 하나도 중요하지 않다는 얘기다. 그 남자가 나를 위해 발품을, 기름을, 시간을, 그리고 돈을 썼느냐가 중요한 것이다.

이건 사귈 때도 중요한 이야기다. 생각해봐라.

'나만큼 그 남자가 나를 위해 그것들을 아끼지 않았는가?'

아닌 남자랑은 헤어져라. 말로는 "네가 최고. 네가 제일 좋아. 사랑해. 너밖에 없어" 하면서 친구랑 다 놀고 남는 돈과 시간으로 당신을 만나는 애인? 그런 남자와 만나면서 당신의 소중한 자존감이 과연 지켜질 수 있을까? 그런 버러지 같은 놈이랑 밀당하면서 자기 수준 낮추지 말고 헤어져라. 그리고 업그레이드된 자신의 외면과 내면을 믿고, 더 나은 남자(용기와 배려심을 갖춘 남자)를 만날 수 있길 바란다.

04
그는 당신에게 반하지 않았다

연애 초보자들에게 책 《그는 당신에게 반하지 않았다》를 추천한다. 정작 나는 이 책을 정독하진 않았지만. 예전에 서점에서 슥~ 봤는데, 내가 굳이 사서 볼 책은 아닌 듯해서. 하지만! 연애 입문자들을 위해 꼭 추천하는 책이다. 남자에게 아직도 허황된 환상을 갖고 있는 자들이여, 정신 차려라!

이 책의 저자는 내가 열광해 마지않는 드라마 〈섹스 앤 더 시티〉의 작가들 중 유일하게 남자였다고 한다. 나는 이 책을 꼼꼼히 읽지 않았으므로 알라딘에서 제공하는 이 책의 소개를 그대로 옮겨본다. 소개글만 봐도 내 마음을 그대로 대변해 놓은 듯하다. 찔리는 여자분들 많으실 듯.

그가 당신에게 전화를 하지 않는다면?

바빠서 깜박한 거야, 원래 전화하는 걸 싫어하니까.

―천만에, 그는 당신에게 반하지 않았다.

다른 여자에게 한눈판 남자라면?

잘못했다고 실수라고 비는데 어쩌지. 다시는 이런 일 없다고 잘못을 뉘우치는 것 같아. 나와 떨어져 있는 상황에서 외로웠을 거야. ─천만에, 그는 당신에게 반하지 않았다. 더 끔찍한 건 이런 일은 언제라도 되풀이될 거라는 것이다. 바람피는 건 습관이다. 실수가 아니다.

술기운에만 당신을 찾는다면?

술 먹고 내가 보고 싶다고 하잖아. 원래 사람은 술 먹었을 때 오히려 솔직한 거니까. ─천만에, 그는 당신에게 반하지 않았다. 더 끔찍한 건 그는 당신이 그리운 게 아니라 당신의 몸이 그리울 수도 있다는 것이다.

비교적 오래 만난 사이인데도 결혼이야기를 피한다면?

당장은 결혼할 수 없다는데, 결혼생활에 자신이 없다고 하는 걸, 아직은 시기가 아니라는데 뭐. ─천만에, 그는 당신에게 반하지 않았다.

갑자기 연락을 끊는다면?

왜 그랬는지 알아봐도 되잖아. 뭔가 사정이 있는 걸 거야. ─천만에, 그는 당신에게 반하지 않았다. 책임감이라고는 조금도 없는 이런 이기적이고 소심한 남자를 사랑하는 당신을 안타까워하며 어서 벗어나라.

그는 당신에게 반하지 않았다. 그 어떤 구차한 이유도 필요하지 않다. 그는 당신에게 인생을 걸 생각이 없기 때문이다. 당신은 지금 헷갈리고 있는 것이 아니라 명백한 상황을 받아들이기 싫어 그를 변호하고 있는 것뿐이다. 더 좋은 여자를 찾기 전에 '썸'이라는 미명 아래 당신 곁에 머물러 있는 '어장남'은 쓰레기통에 넣어버리고, Only One만을 바라는 '내 남자'를 찾아 나서자.

4교시
공부 잘하는 여자는
예쁜 여자를
못 이기고

앞에서 바라보면 너무 착한데

뒤에서 바라보면 미치겠어

박진영 〈어머님이 누구니〉

사랑하는 이를 원한다면

당신은 연인을 원하는가?

좋은 사람이 나타나기만을 기다리고 있는가?

자신을 깊이 사랑해 줄 사람을 원하고 있는가?

이는 실로 잘난 척의 최절정이라고 말할 수 있다.

당신은 당신이 원하는 만큼 많은 이들로부터 사랑받기 위하여

좋은 인간이 되도록 노력하고 있는지 반문해 보라.

자신을 사랑해 주는 것은 단 한 사람이면 된다고 말하고 싶은가?

그러나 그 한 사람은 많은 사람들 가운데에 있다.

그럼에도 불구하고 많은 이로부터 사랑받기 위해

노력하지 않는 당신을 어느 누가 사랑할 것인가?

이제 알겠는가?

당신은 처음부터 당치도 않는 주문을 하고 있다는 사실을.

– 프리드리히 니체 《니체의 말》

01

밀당의 고수 上
-첫인상 5단계

밀당에 대해선 쓰지 않으려 했다. 왜냐면 사귀는 사이에서 밀당을 한다는 것은 서로를 생각하는 마음이 일치하지 않는다는 거니까. 나와 남편의 연애는 밀당이 전혀 필요 없는 평화로운 연애였다. 서로가 서로를 생각하는 마음이 일치했고, 서로가 레벨이 맞다고 생각했기 때문이다. 남자가 여자를 처음 봤을 때, 우리의 레벨은 이미 정해진다.

첫인상 5단계

1단계. 불알친구	전혀 이성으로 엮이고 싶지 않다.
	나를 좋아하면 곤란하다. or 나를 좋아하면 짜증날 듯.
2단계. 어장용 호구	나를 좋아하게 만들어야지. 이유? 기분 좋잖아.
3단계. 스킨십 용	만지고 싶다.
4단계. 애인	너를 웃게 해주고 싶어. 나 말고 다른 놈과 섹스하는 건 안 돼!
5단계. 결혼	내가 만난 최고의 여자

일단 3단계에 들어서지 않았다면 밀당은 의미가 없다.

3단계→4단계 '고백'을 받기 위한 밀당

4단계→5단계 '프러포즈'를 위한 밀당

고로 사귀는 사이에 밀당이 필요한 순간은 '프러포즈'를 받아내고 싶을 때뿐. 그 외엔 사귀는 사이인데 밀당을 해야 된다는 건, 남자가 여자를 사실은 3단계로 생각한다는 것. 처음부터 3단계였거나, 혹은 처음엔 4단계였다가 질려서 3단계가 됐을 수도 있다.

자, 여기서 여자가 먼저 '고백'하면 안 되는 이유는? 남자의 환상을 알려면 남자의 '미디어'를 보라고 했다. 남자가 주인공인 '드라마'는 잘 없지만 '영화'나 '만화'는 많다. 거기서 남주인공이 여주인공한테 고백 받는 것을 봤는가? No, No! 그것은 전혀 남자의 '판타지'가 아니다. 김새게 만들지 마라.

내가 이 글에서 쓰고 싶은 밀당은 '3단계→4단계 '고백'을 받기 위한 밀당'이다. 일단 2단계까지는 '섹스'조차 하고 싶지 않은 단계다. 2단계가 이해되지 않을 수도 있다. 여자들이야 남자 호구들한테 맛난 것 얻어먹고, 과제도 보여 달라는 등 여러 부탁을 할 수 있지만 남자들이 여자 호구한테 얻을 수 있는 것이 뭐가 있을까? 바로 '우월감'이다. 남자의 나르시시즘을 지탱해줄 호구가 필요한 것이다. 그래도 누군가는 나를 좋아하고 있다는 안도감! 어쨌든 2단계에 머문 여인들은 일찍이 호구자리 반납하시길~ 몸으로 들이대도 안 되는 거니까. 3단계와는 달리 나를 만지고 싶은 의지조차 없다는 거거든.

이래서 '외모'가 예선전이라는 것이다. 일단 남자의 첫인상에서 '만지고 싶은' 여자 이상은 되어야 된다는 말이다! 빛나는 머릿결, 매끈한 피부, 각질 없이 탱탱한 입술, 봉긋한 가슴, 환상적인 허리-골반 라인, 쭉 뻗은 다리, 좋은 영양상태를 뽐내는 단정한 손발톱. 아름다움의 본질은 '반짝임'이다. 머리부터 발끝까지 반짝거리도록 각질 제거와 보습을 철저히 해야 한다.

반짝이는 나를 만지고 싶어서 내 주변에 머무는 남자와 사귀고 싶다면? 그것이 바로 3단계에서 4단계를 이끌어내는 '밀당'이 필요한 순간이다.

02

밀당의 고수 下
- 첫인상의 중요성

'밀당의 고수 上'에서 밀당은 '고백'을 받아내기 위함이라고 했지만, 사실 이것도 회의감이 드는 발언이긴 하다. 남자가 여자를 딱 봤을 때 '첫인상 5단계'는 무인도에 단둘이 갇히기 전엔 사실 그 어떤 노력으로도 거의 바뀌지 않는 것이 대부분이다. 하지만 그럼에도 불구하고 남자를 애태우고 싶은 분들을 위해 겨우 한 가지 밀당 팁을 드리자면 (사실 더 예뻐지는 게 제일 효과적) 이런 이미지 트레이닝을 하는 것이다.

'온라인(카톡, 전화, SNS)으로는 전혀 날 좋아하지 않는 것 같지만 오프라인(맨투맨, 실제 만남)에서는 날 좋아하는 게 분명하다!'라고 남자가 생각하게 만들어야 한다.

밀당은 자고로 상대방을 '헷갈리게 만든다'는 목적을 띄고 있는데, 밀당의 하수는 고수와는 반대로 온라인에서는 분명 애교가 넘치는데 오프라인 만남에서는 굉장히 차갑다! 자꾸 삐친다. —이렇게 밀당을 하고 있을 가능성이 높다. 그건 남자에게 짜증을 유발한다.

여자는 분명 직접 만났을 때 굉장히 즐거워야만 한다! 남자들이 왜 스트레스 풀러 룸살롱에 가서 여자들한테 돈을 쓸까? 그 여자들은 소위 '웃음'을 팔기 때문이다. '몸'만 파는 여자 만나려고 그 값비싼 룸살롱까지 갈 필요는 없다. 함께 있을 때 늘 웃어주고, 애교도 떨고, 치켜세워 준다. 이 3가지를 위해서 돈을 쓰는 멍청이들이 즐비하다.

돈을 쓰지 않고서는 자신을 위해 그렇게 해줄 여자가 현실 세계에 없으니까. 무능한 자신의 현실 때문에 여자 친구나 마누라는 함께 있을 때 늘 화난 얼굴이거나 삐쳐 있고, 돈 얘기나 어두운 현실 얘기만 꺼내기 일쑤니까.

고로 우리 여자들은 유능한 남자를 만나서 웃어주면 된다. 어쭙잖은 놈 주워다가 고치려고 온갖 잔소리를 해대는 바보 같은 짓은 하지 말자. 물론 벤츠 타려면 벤츠 탈 정도로 노력하는 여자가 되어야만 하는 것이 인지상정.

다시 한 번 말하지만, 우리는 남자에게 '만나면 항상 기분 좋은 여자'가 되어야만 한다. 그래서 내가 남자 앞에서 쓸데없이 '남 험담'이나 '푸념'하지 말라는 것이다. 그건 남자에게 기분 좋아지는 이야기가 아니다.

밀당을 할 때도 만나면 기분 좋은 여자의 포지션을 유지하되, 만나지 않을 때는 아주 사무적인 태도를 보여야 한다. '같은 사람 맞아?' 싶을 정도로. 카톡은 아주 짧고 아주 늦게 답장하고, 이모티콘이나 ㅋㅋ 등을 쓰지 않는다. 전화는 세 번 오면 한 번은 받지 않는다. 받으면 밝은 목소리로 받되 짧게 끝낸다. SNS나 카톡 상태메시지에 핑크빛 기류는 절대 금물! 김 칫국 완전 금물!

남자로 하여금 '아… 뭐야! 딴 남자 생겼나?' 싶을 정도로 무관심해 보여야 한다. 하지만 실제로 만나면 늘 웃는 얼굴로 하트 뽕뽕한 눈빛을 발사하면서 치켜세워줘야 한다.

"오늘 즐거웠어요. ^ㅇ^"

"우왕, 오빠~ 나 이런 거 첨 먹어봐요~ㅜ▽ㅜ"

※ 단, 스킨십은 금물! 진짜 술집여자 된다.

결국 밀당 스킬 설명은 위에 써놓은 몇 줄이 끝이다. 밀당이란 것은 결국 내가 남자를 어떻게 생각하는지 헷갈리게 만드는 것이니까. 앞 스킬은 아주 효과적이다.

그럼에도 불구하고 '첫인상 5단계'를 뒤집기 위해서는 말 그대로 '첫인상(외모)'이니까 그걸 뛰어넘을 정도로 더 예뻐지는 것이 제일 중요하다. 하지만 남자는 단순하고 둔한 존재이기에 외모가 조금 바뀐다고 해서 알아채지 못한다. 그래서 '첫인상'은 아주 중요하고 거기에서 벗어나기 위해서는 아주 큰 변화가 있어야만 한다. 살을 조금 뺀다고 해서는 알아채지 못한다. 살을 확 빼거나, 머리를 1년 동안 기른다거나, 미용실에서 확실하게 스타일링을 하거나, 수술을 해야 된다.

반대로 '첫인상'만 아주 잘 잡으면, 그 뒤에는 살이 조금 쪄도 남자들은 개의치 않는다. 화장을 덜하고 나와도 잘 모른다. 머리를 하루 못 감아도 그렇게 큰일 나는 것이 아니다. '첫인상'이라는 예선전을 한번 통과하고 나면, 그 뒤로는 10% 정도의 미모 오차는 남자들이 신경 쓰지 않는다.

매 순간 우린 누군가에게 '첫인상'을 검열당할 수 있다. 평소에 좀 꾸미고 다녀라. 그래서 신입생 OT 때가 가장 중요하다. 학교든 회사든 그날은 사활을 걸고 꾸며야 한다. '밀당'에 대해 쓰고 있지만 결국 가장 중요한 건 '첫인상'이라는 결론에 이르렀다. 요행을 바라지 마라.

남자 지인에게 극강의 미모인 여자 A를 소개시켜 준 적이 있었다. 남자는 첫 만남에서부터 여자 A에게 사귀자고 단도직입적으로 말했고, 둘은 사귀다가 한 달 만에 여자가 이별을 고했다. 그로부터 한참 후 나는 남자에게 귀염상 여자 B를 소개시켜줬다.

사실 소개시켜 주면서도 걱정이 됐다. 그전에 극강 미모 여자 A를 만났던 남자니까. 아니나 다를까. 4번째 만남에서도 남자가 사귀자는 말을 하지 않았다는 것이다. 나는 여자 B에게 다른 소개팅을 받으라고 종용했으나 돌아온 것은 그녀의 순진한 대답이었다.

"아니에요, 언니~ 이 남자가 굉장히 신중하더라고요. 예전에 어떤 소개팅녀는 한 달을 만났는데, 그 여자가 "왜 사귀자고 안 하냐?"고 해서 끝냈다고 하던데요?"

"그건 그냥 그 여자가 맘에 안 들어서 끝난 거야. 맘에 들면 "왜 사귀자고 안 하냐?"고 했을 때 붙잡아서 사귀었겠지. 걍 심심해서 만나다가 여자가 먼저 화내서 끝난겨."

내가 이렇게 이야기해 주어도 그녀는 '신중한 남자'라고 믿고 기다리고 있는 듯했다. 그런 경우는 절대 결말이 좋을 수 없다. 세상에 신중한 남자는 없다. 그냥 심심해서 다음 여자가 나타날 때까지 당신을 만나는 남자가 있을 뿐이다. 첫인상에서 이미 당신과 그 남자의 연애 행보는 정해졌다.

이 글에서 내가 쓴 '밀당'이라는 것도 분명 남자를 애태우고 싶을 때 효과가 있는 것이지만 이것으로 '첫인상'을 만회하기엔 역시 역부족이지 않나 싶다. 밀당에 대한 글이지만 역설적으로 이런 잔스킬을 연마할 시간에 더 예뻐지고 더 똑똑해지라는 말을 하고 싶다. 밀당이 필요 없는 연애, 서로가 서로를 생각하는 레벨이 일치하는 연애를 하길 바란다. 내가 원하는 레벨의 남자(나의 이상형)가 나를 좋아하는 레벨의 남자(나의 현실)가 될 수 있도록 노력하시길.

내가 좋아하는 사람이 나를 좋아하는 건 기적이란다.

– 생텍쥐페리 《어린 왕자》

기회는 노력하는 사람에게만 기적이 되어준다.

03

인기가 많을 수밖에 없는 외모

몸매나 얼굴을 떠나서 중요한 에티튜드를 소개한다.

1. 머리를 길러라.

고준희 보고 미용실 가지 마라. 너는 고준희가 아니다. 나도 얼마 전 영화 '차이나타운'에 나오는 김고은을 보고 미용실에 갈 뻔했다. 나는 중딩 때 강제 단발 당한 후에, 고딩 때는 자의로 숏컷트를 했었다. 그 후로 대딩 때부터는 머리를 몇 번이나 길러 보려고 했는데 얼굴에 들이는 정성의 1%도 머리에 들이지 않았으니 도저히 머리가 길지가 않았다. 왜냐면 길러도 머리가 너무 안 예뻐서 자꾸 자르게 됐다. 딱 남자 락커가 머릴 기르는 느낌 그 이상 그 이하도 아닌.

머리도 얼굴만큼 돈과 정성을 들여야 한다!

이걸 나는 최근에야 깨달았다. 그리고 짧은 머리가 의외로 갸름하지 않은 얼굴에 잘 어울리는데, 이런 이유로 자꾸 자르고 있다면 차라리 턱에 '보톡스'를 맞자. 효과가 아주 탁월하다. 게다가 주변에 잘 알아보면 국산 보톡스는 가격도 얼마 안 한다.

우리는 얼굴 각질 제거를 하면서 죽은 세포를 항시 벗겨낸다. 머리카락은 평균적으로 한 달에 1cm가 자란다. 그러므로 얼굴 밑으로 내려오는 머리카락은 죽은 지 2년은 지난 세포다. 이미 죽어버린 세포를 살아있듯 생생하게 꾸미기 위해 헤어에센스와 오일이 있는 것이다.

죽어버린 세포를 두 번 죽이기 싫다면 우리는 뿌리 염색과 뿌리 매직을 해야 한다. 미용실에서 머리카락을 통으로 시술하는 일은 1년에 한 번 정도로 만족하자. 그리고 염색 등 머리 시술은 절대 집에서 하지 말자.

반짝이는 머릿결은 중요한 아우라다. 말그대로 '후광효과'를 준다.

'동안의 조건' 중 하나가 '풍성한 긴 머리'임을 많이들 모른다. 여성성의 제1조건. 머리를 길러라. 우리도 '머리빨' 살려보자!

2. 치마를 입어라.

소개팅 나갈 때는 다리에 칼이 들어와도 치마를 입어라.

각선미 관리
① 평소에 힐을 신는 것에 익숙해야 한다.
② 잘 때는 푹신한 베개에 종아리를 올리고 자라.
　 정자세로 자는 것이 가장 좋은데, 옆으로 잘 때도 다리 사이에 베개를 끼우는 것이 골반 균형에 좋다.

③ 자기 전에 다리를 벽에 90도로 올리고 10분 이상 있어라.

90도가 되려면 엉덩이까지 완벽하게 벽에 붙여야 된다. 나는 가능하면 20분을 한다. 얼굴에 시트팩 붙이고 누우면 시간이 딱 맞다. L자 다리 자세를 끝낸 후에는 손으로 다리를 주물주물 해준다. 특히 종아리!

3. 바른 자세를 유지하라.

얼굴 작아 보이려고, 앉은 키 작아 보이려고 구부정하게 앉지 마라. 내가 웨딩 사진 그 따위로 찍어서 다 망쳤다. 남자 보고 허리 펴고 똑바로 앉으라고 하면 다 당신보다 앉은키가 더 크다. 등을 굽힐 생각 말고 다리를 쭉 펴라.

걸을 때는 절대 발을 팔(八)자로 걷지 말고 11자로 걸어라. 앉을 때, 서있을 때, 걸을 때 항시 우아하게 배에 힘을 주고 어깨를 펴고 있어라. 어릴 때부터 키나 어깨, 가슴이 커서 콤플렉스인 여자들이 어깨를 접고 다니는 것을 많이 봤는데 그러지 마라. 오히려 키 작은 여자들이 어떻게든 허리와 어깨를 펴고 다녀서 실루엣이 더 좋아 보인다.

4. 화장은 섹시 No No! 청순하거나 귀엽게

5. 웃어라! 예쁘게.

타고난 외모값이 얼마든 이 5가지를 잘 지키는 여자는 남자가 없을 수가 없다. 당신이 모쏠이라면 분명 이 5가지 중 몇 가지는 실천하지 않고 있음이 틀림없다. 실천이 힘들어질 때마다 떠올리자.

후회하기 싫으면 그렇게 살지 말고, 그렇게 살 거면 후회하지 마라.

– 이문열 《젊은 날의 초상》

04
역지사지가
필요한 순간

외모 꾸미기를 아주 등한시하는 친구(여자)가 있었다. 물론 모쏠이었고 심지어 나는 그 친구가 '무성애자'라고 의심하고 있었다. 그러던 어느 날, 그 친구가 어떤 남자에게 호감을 표시하길래 나는 기뻐하며 그 남자의 사진을 보여 달라고 했다. 그런데 그는 정말이지 아주 꽤나 절망적일 정도로 훈남이었다.

"너, 10kg는 빼고 그때 생각해. 그 전엔 절대 못 사귄다."

난 이번 기회에 그 친구가 살을 뺄 수 있을 거라 생각했다. 하지만 그게 그렇게 쉬우면 모쏠이 아니지.(모쏠 제1특징 - 고집이 세다.)

"살이 그렇게 중요해?"

지지 않고 되묻는 친구.

"너 몇 kg야?"

"○○kg"

"그럼 그 남자 눈에 너 어떻게 보이는 줄 알아? 너보다 키 작은 남자 봤을 때 기분. 그 기분이야. 사귈 수 있어?"

키 작은 남자를 비하하려는 의도는 아니다. 그냥 딱 그 비슷한 기분일거란 생각에 든 예시였다. 그 친구 덩치가 그 남자보다 더 컸으니까. 왜 자기는 쥐뿔도 안 꾸미면서 훈남을 바라보고 있을까? 정말이지 이기적인 마음이 아닐 수 없다.

1. 연봉이 ○○원은 되어야 된다.
   … 니 연봉은 얼만데?

2. 결혼할 때 남자가 ○○원은 있어야 된다.
   … 너도 딱 그만큼 가져갈 수 있지?

3. 키가 ○○cm 이상은 되어야 된다.
   … 너 쓰리 사이즈는 그 정도 레벨이 되냐?

4. 아무리 그래도 남자가 어느 정도 머리숱은 있어야지.
   … 너 피부도 그 정도 타고 났니?

5. 취집을 꿈꾸는 여자
   … 요즘 세상에 요리만 잘한다고 취집할 수 있는 거 아냐. 근데 너보다 훨씬 못생긴 애랑 하면 얼마든지 할 수 있어. 장담해.

6. 공주 대접해주는 호구 바라는 여자
   … 너보다 훨씬 못생긴 애 만나. 진짜 행복해질 수 있어.

1번과 2번의 경우

돈에 관한 이야기인데, 결혼할 때 '남자의 연봉-여자의 연봉' 혹은 '남자 결혼비용–여자의 결혼비용'의 차이가 당연하다고 생각하는 여자들에게 말한다. 딱 그만큼 너보다 매력 떨어지는 남자 만나라. 혹은 딱 그 정도로 너보다 나이 많은 남자 만나라. 그게 수지가 맞다. 그게 공평하다.

3번과 4번의 경우

마찬가지다. 고연봉의 여자들이여. 남자의 외모를 따지고 싶다면, 남들보다 서둘러 짝을 찾아라. 고연봉의 남자들이 미인을 얻는 건 맞지만, 여자가 고연봉이라고 해서 잘생긴 남자를 만날 수 있는 건 아니다. 어차피 본인보다 낮은 연봉의 남자를 만날 생각도 없지 않은가? 그 고연봉 남자들은 쓰리 사이즈도 안 되고 피부도 안 좋은(or 나이 많은) 당신을 만나느니, 당신보다 몸매도 좋고 피부도 좋고 어리고 연봉 좀 떨어지는 여자 만나고 싶어 한다.

연봉이 비슷하다는 조건이라도 나이 먹어봤자 남자보다 여자가 훨씬 손해다. 앞서 언급했지만, 남자는 나이를 먹는 게 그렇게 큰 일이 아니다. 통장에 돈(매력지수)이 쌓이기 때문이다. 하지만 여자는 나이를 먹으면 통장에 돈이 얼마가 있든 매력지수가 해가 갈수록 급하락한다. 그러므로 연봉도 높고 외모까지 되는 남자를 만나려면 어릴 때부터 빨리 결혼할 남자를 찾는 것이 현명하다. 그런 남자는 희소성이 매우×3 높기 때문에 당신도 '나이'라는 무기를 앞세우는 것이 필수다. 그렇지 않으면 언젠가 연봉은 비슷하되 외모는 훨씬 떨어지거나, 나이가 훨씬 많은 남자와 결혼할 가능성이 높다.

5번의 경우

나는 취집을 절대 나쁘게 생각하지 않는다. 부럽다. '전업주부'도 확실히 하나의 직업이다. 하지만 요즘 시대에 '외벌이'를 자처할 남자의 숫자는 '전업주부'를 자처할 여자의 숫자보다 훨씬 훨씬 훨씬 열세하다. 그러므로 희소성의 원칙에 따라 여자가 '취집'을 하기 위해서는 자신의 기존 보유 재산 또는 미모와 젊음이 남자보다 꽤~나 출중해야만 한다.

6번의 경우

나는 이제 20대 후반이 되서 주변에 이런 케이스가 잘 없지만 중반에만 해도 많이 봤다. 호구성·애인을 원하는 케이스. 아주 간단하다. 여자가 훨씬 예쁘면 남자는 알아서 설설 긴다. 이건 어쩔 수가 없다.

남자의 고스펙과 서비스를 당연시 여기는 여자들. 거울을 보라. 고스펙 남자들이 진짜로 원하는 여자가 어떤 여자일까? 아주 간단하게.

돈은 많이 벌지만 매력은 없는 남자 ···▶ 예쁜 여자 찾는다.
돈도 많이 벌고 매력도 있는 남자 ···▶ 예쁘고 똑똑한 여자 찾는다.

돈 못 버는 남자 찾는 여자는 없을 거라 생각하고 안 적었다. 마찬가지로 안 예쁜 여자 찾는 남자도 없다. 이기적인 생각 그만하고 거울 보고 정신 차리자.

05

예뻐지려면
돈을 어디에 써야 되는가?

예뻐지려면 돈이 있어야 한다. 근데 돈 없이 할 수 있는 가장 확실한 것
은 다이어트. 일단 예뻐지려고 마음먹었을 때 가성비가 가장 좋은 것들 순
으로 소개한다. 예뻐지려면 이 순서대로 클리어해야 한다.

1. 다이어트

원푸드 다이어트, 하루 한 끼 스페셜 K 이딴 것도 하지 말고! 내가 봤을
때 살 뺐다는 애들의 공통점은 '헬스장의 러닝머신'이었다. 솔직히 살 뺐다
는 애들 보는 것 자체가 하늘의 별 따기긴 하지만.

2. 피부 관리

피부는 진짜 너무나 중요하다. 생얼까지 예쁠 필요는 없고, 화장했을
때 예쁘면 된다. 피부와 몸매가 좋으면 거의 80%는 먹고 들어간다고 생각

하라.

3. 머리 기르기

머리 길러라. 브래지어 아래끈까지. 예쁘게 기르려면 볼륨매직만큼 무난한 게 없다. 한 번씩 뿌리 볼륨매직은 하되, 염색은 비추다. 머릿결 많이 상한다. 2개월에 한번씩 부지런히 뿌염할 자신 있는 사람만 해라. 웨이브 펌도 비추다. 파마로는 절대 여신 머리가 나오지 않고 머릿결만 엉킨다. 웨이브는 고데기로 만들자.

4. 쌍꺼풀, 보톡스, 필러, 아이라인 문신

여기서부터 돈 좀 든다

쌍꺼풀

말 안 해도 이미 거의 다 했을 것이다. 가성비가 아주 뛰어난 부위다.

보톡스

아주 싼 가격에 효과가 뛰어나서 내가 늘 주변에 추천한다. 다른 부위는 아니고 '사각턱'에 아주 특효다. 얼굴이 반쪽이 된다. 근데 광대가 심한 사람은 광대가 더 도드라져서 안 어울리는 케이스도 있었다. 그 외에는 모두 대만족!

보톡스 원리는 독소(tox)로 근육을 죽이는 것이다. 사각턱은 뼈만 네모나서 그런 게 아니라 거기에 붙어 있는 하악근이 발달해서 그렇다. 완벽한 얼굴형을 뽐내는 이효리도 옆에서 보면 턱뼈는 각져 있다. 보톡스를 맞으면 근육이 죽어서 얼굴 바깥쪽 볼륨이 확 줄어들어 "살 빠졌냐?"는 소리를 자주 들을 수 있다.

하악근 부분에 손을 대보고 입을 앙 다물었을 때, 불룩 튀어나오는가? 안 튀어나오는 사람도 있다. 하악근 발달이 약한 사람(I envy you!)은 시술할 필요가 없다.

눈썹, 아이라인, 헤어라인 등 문신

반영구 문신을 할 수 있다. 그중 아이라인을 필히 추천한다. 화장할 때도 안 번지고 완전 편하다. 생얼에도 특효!

5. 치아 교정, 라식/라섹 (취직 후)

치아 교정

정말 돈이 많이 드는 것이라 거의 다 취직을 하면 시작한다. 그런데 치아 교정은 정말 그 돈 들여 할 만하다. 내가 늘 말하는 '예쁘게 웃기'가 성립되려면 이가 엉망인 경우 교정을 하는 것이 좋다. 교정 중에는 양치를 아주 부지런히 열심히 해야 한다. 몇몇은 다이어트 효과도 본다.

라식/라섹

내가 취직하자마자 한 것이 라식이다. 안경은 집에서만 써라. 밖에서 쓰지 마라. 웬만하면 렌즈라도 끼자.

라식과 라섹의 원리는 레이저로 지져서 각막 두께를 줄이는 것이다. 라식은 각막 표피를 열어서 안쪽을 지지고, 라섹은 각막 표피를 지진다는 점이 다르다. 각막 표피에 통점이 있기 때문에 라식은 고통이 없고, 라섹은 마취가 풀리면 고통이 찾아온다. 하지만 무통 링거를 이틀 동안 달고 있으면 된다. 라식은 수술 직후부터 1.5시력으로 세상이 Full-HD처럼 아름답게 보인다. 라섹은 약 1주일 동안 서서히 시력이 올라온다. 라섹이 라식보다 싸고, 부작용 발생 확률이 더 낮다.

쓸데없는 데 돈 쓰지 마라. 겉치장은 최후에 하는 것이다. 명품 옷/가방/액세서리는 위에서 말한 거 다 하고 해라. 쓸데없이 명품에 돈 쓰지 마라. 호박에 줄 긋는다고 수박 되냐는 말은 이럴 때 쓰는 것이다. 아주 소용없는 짓거리다.

'당장 살 빼는 건 귀찮고 힘든데, 명품 가방 하나 지르면 내가 뭐 되는 거 같다'고 생각하면 땅에 대가리 박아라. 그 돈으로 PT(퍼스널 트레이닝)를 받아라. 내가 괜히 다이어트를 1번으로 적어놓은 것이 아니다.

그나마 가장 추천하는 건 금목걸이 하나 정도. 백금이든 황금이든 금목걸이가 제일 가성비가 높다. 귀걸이는 그냥 기본 큐빅 금귀걸이 하나 정도가 무난하다. 그 외 나머지 겉치장은 웬만하면 위에 코스들을 모두 클리어하고 나서 하자.

결국엔 '패완얼, 패완몸'이니까!

06
다이어트

내가 예전에 즐겨 입었다는 '홀복'을 하나 사서 입자. 수영복급 텐션의 홀복을 입고 전신 거울 앞에 서면 진심으로 헬스장에 가고 싶어진다.

내가 있~어야 할 곳은 거기야~♪♬ (갓태우 목소리)

살은 어릴 때 뺄수록 좋다. '기초 대사량'이 높아서 잘 빠지기 때문. 그래서 다이어트도 반드시 20대에 해내야 할 과제 중 하나!

일찍 뺄수록 더 좋은 이유 하나 더. 몸매도 관성의 법칙을 따른다. 내가 '45kg'로 더 오래 살았나 '50kg'로 더 오래 살았나가 중요하다. 몸매도 익숙한 쪽으로 자꾸 기운다는 얘기다. 날씬하다가 잠깐 쪘던 사람은 금방 빠지지만, 통통하다가 잠깐 빠졌던 사람은 금방 다시 찐다. 그래서 어릴 때부터 날씬한 몸매를 만들어야 나이 들어서도 편하다.

1. 하루 3끼, 2/3공기씩 먹는다.

하루 2끼면, 1공기씩 먹는다. 국은 먹지 않는다. 애초에 국그릇과 숟가락은 식탁에 놓지 마라. 젓가락만 세팅한다.

2. 간식, 디저트, 안주 금물. 대신 물을 자주 마신다.

평소 녹차니 뭐니 먹지 말고, 물! 생수를 마셔라!

3. 매일 유산균 섭취

식이섬유(야채, 과일) 섭취도 좋다. 갈 때 과즙기 쓰면 식이섬유(찌꺼기)는 못 먹는다. 과즙기 쓰지 마라.

4. 계단을 애용한다.

탄탄한 허벅지와 힙 업, 가느다란 발목을 위하여. 허벅지 근육이 스테미너와 장수의 비결이다. 관절에 좋지 않으니 내려올 때는 엘리베이터를 타자. 계단을 오를 때는 발바닥 전체가 아니라 앞꿈치만 닿게 해서 올라간다.

5. 러닝머신 할 때 느적느적 걷는 건 아~무 도움이 안 된다.

속도 단위가 km/h인데, 최소 6 이상으로 해서 걸어라. 최소 하루에 40분 이상, 최소 일주일에 세 번 이상 가라. 40분으로 적응되면 5분씩 시간을 늘려라. 나는 2시간까지도 해봤다. 산후 다이어트하는 요즘은 매일 헬스장에서 80분을 걷는다.

러닝머신 할 때 팔뚝 살 제거를 위해 팔은 직각으로 굽혀서 주먹을 최소한 입까지는 올리는 것이 좋다. 혹시나 아령 들고는 하지 마라. 안 좋다 (내가 했던 희대의 바보짓 중 하나).

6. 상비(상체 비만)들 주목!

그냥 훌라후프는 시시하다. 알알이 박혀 있는 무거운 훌라후프를 사용하라. 허리에 멍 한번 들고 나면 안 아프다.

7. 각선미 관리

러닝머신 후 다리가 퉁퉁 붓는 것을 경험할 것이다. L자 다리 스트레칭과 마사지는 20분 이상 꼭 하자.

하비들 주목! 겨울에는 매일 신고, 여름에는 러닝머신 할 때라도 압박 스타킹 신는 것을 추천한다.

나는 하비가 아니지만, 하체 때문에 스트레스 받는 친구가 이 스타킹 덕을 많이 봤다고 한다. 겨울에는 검은색 팬티스타킹을 2개 사서 매일 번갈아 신었다고 했다. 겨울에도 매일 치마를 입었던 그녀.

'무광택'으로 사서 신으시길. 여름에는 밖에서 스타킹 신을 일이 없는데, 러닝머신 할 때 '종아리형'을 신으면 좋다고 한다. 이 스타킹의 원리는 붓기를 빼주는 것이 아니라 처음부터 붓지 않도록 해주는 것이다. 고로 잘 때는 착용하지 않는다. 잘 때는 푹신한 높은 베개에 발을 올리고 정자세로 자는 것이 몸매에 제일 좋다.

우리 모두 날씬해지자! 최고의 성형은 다이어트! 화이팅!

07

/

피부

이미 알겠지만 남자들은 '피부'를 정말 중요하게 생각한다. 특히 결혼할 여자를 볼 때는 더 그런 편이다. 결혼하면 생얼 볼 시간이 더 많고, 2세 피부도 있으니. 나는 여자 외모에 피부가 그렇게 중요한지 대딩 되고 내 피부가 망가지고 나서야 알았다. 왜 진정 소중한 것은 잃고 나서야 깨닫는가!

'내 얼굴에 피부 빼면 진짜 볼 거 없었구나'를 뼈저리게 느꼈고, 대인기 피증이 올 정도로 힘들었다. 자신감, 자존감이 바닥을 치고 악마에게 영혼을 팔아서라도 되돌리고 싶었다. 그랬음에도 불구하고 3년이나 되는 그 시기를 어찌어찌 극복해서 지금은 그런 내 과거를 아무도 믿지 못할 정도로 그 흔한 흉터조차 없는 피부를 되찾았다.

과거 내가 피부가 좋지 않았던 이유와 고친점 ———————o

1. 피부 타입을 전혀 몰랐다.

여드름이 나면 다 기름져서 그런 줄 알았다. 내 피부는 건성인데 지성인 줄 알고 피부를 더욱 건조하게 만들었다. 피부가 건조해도 트러블이 난다는 걸 모르고 세수를 엄청 빡세게 하고, 보습은 제대로 하지 않았다. 그래서 피부가 더더더 안 좋아지는 악순환의 연속이었다.

⋯⋙ 피부 타입이 건성임을 깨닫고, 아침에는 물 세수만 했다.

2. 스트레스

최악의 스트레스 시기였다. 요즘 대학생활이 호락호락하지 않잖아? 게다가 별 좋지도 않은 장기 연애를 하고 있었고.

⋯⋙ 대학 졸업 후 당시 애인과 좀 장거리가 되니까 훨씬 마음이 편해졌다. 거의 매일 보던 사이에서 일주일에 한 번 보니까 기분이 더 좋아짐. 헤어지고 나선 완전 피부에서 빛이 났던 건 말할 필요도 없고. 안 좋은 연애는 뷰티에도 적!

3. 술

그 덕에 술도 진창 마시고, 세수도 못하고 잠들던 때가 많았다. 술이 피부에 안 좋은 이유는 ① 얼굴에 열을 오르게 한다. ② 몸의 수분을 빼앗아가기 때문이다. 술을 많이 마시면 화장실을 자주 가게 되면서 우리 몸은 수분을 많이 잃는다. 피부 관리는 보습! 보습! 보습!!!이 제일 중요한데.

···▶ 술 먹고 몸이 녹아서 도저히 세수를 못하겠다 싶을 때는 촉촉한 패드(홀리카홀리카 레스온스킨 에센스 패드–양볼에 하나씩 올려서 팩으로 하는 것도 추천^^)로 얼굴을 닦고 수분크림을 바르고 잤다. 술자리에서 술은 줄이고 물을 훨씬 많이 마셨다.

4. 트러블이 생기면 바로바로 손, 면봉으로 다 쥐어짰다.

최고로 미친 짓이었다.

···▶ 트러블은 익을 때까지 기다린다. 트러블이 처음 나면 빨간데 이 핏기가 사라질 때까지 절대 건드리면 안 된다. 그렇게 계속 기다리면, 핏기가 완전히 사라지고 노란 알맹이만 남거나 트러블이 사라진다.
예전엔 트러블이 사라질 거란 생각은 못하고 눈에 보이면 다 짜서 피를 보고야 말았는데, 얼굴은 절대 '피가 나면 안 된다. 트러블이 없어지거나 트러블이 핏기 없이 노랗게 익을 때까지 기다려서 '지금 짜면 피 한 방울 나오지 않겠다' 싶을 때 면봉으로 살짝 눌러서 알맹이만 빼내면 된다.

나의 피부 뷰티 인생템 ──────────────────○

1. 유산균

아침에 일어나자마자 아이허브 유산균을 1~2알씩 먹었다. 피부에 영향을 주는 건 외부적 요인뿐만 아니라 내부적 요인도 있는데, 내부적으로 오장육부의 건강이 정말 중요하다. 장이 안 좋고, 변비가 있으면 피부에 트러블이 날 수밖에 없다.

2. 물

술자리에서 물을 술보다 많이 마셔라. 나는 결혼하면서 술을 거의 끊었다. 술, 담배는 끊는 것이 제일 좋다. 담배는 콜라겐 생성을 막아 피부 탄력을 잃게 한다.

3. 에스티로더 갈색병 에센스

지금은 안 쓰는데 대학 시절에 그 피부 안 좋을 때, 손으로 여드름을 다 쥐어짰는데도 지금 흉터 하나 없는 건 당시 썼던 갈색병 덕분이 아닐는지.

4. 수분크림, 선크림, 클렌징오일

피부에서 가장 중요한 제품 3군
보습 / 자외선 차단 / 각질·피지 제거

① 수분크림 : 피지오겔 크림 or 세타필 크림.

② 선크림 : 닥터지 브라이트닝 업 선

365일 매일 써야 된다. 그럼에도 불구하고 맞는 선크림을 못 찾아서 안 쓰고 있다가 최근에 드디어 찾음!

선크림은 꼭 단독 제품으로 발라야 되고, 비비나 쿠션으로 대체 안 된다. 손가락 두 마디가 정량인데 최소한 손가락 한마디 길이만큼은 짜서 바르자.

③ 클렌징오일 : DHC 딥 클렌징오일(200ml)

5. 쿠션 : 에이지 투웨니스 에센스 커버 팩트

6. 양산

대딩 때부터 여름엔 양산을 꼭 쓰고 다녔다. 요즘은 봄가을에도 쓴다. 1단이 좋다. 3단이나 4단으로 된 건 무겁고 접는게 너무 번거로워서 힘들다. 양산 쓰고 나오면 여자보다 더위를 더 많이 타는 남자들도 좋아한다. 훨~씬 시원하거든. 피부에 열도 가려주고, 자외선도 가려주는 양산! 필수템이다. 지금 당장은 티가 안 나도 20대에 받았던 자외선은 40~50대에 티가 난다고 한다. 노화와 잡티로.

나는 살면서 제일 많이 들어본 칭찬이 피부 칭찬이다. 중고딩 때는 매일 한 번 이상은 피부 예찬을 들었다. 그때는 다들 생얼로 다니니 하얀 피부가 훨씬 튀었기 때문. "그 왜 7반에 허~~~연 애"라고 하면 그게 나다. 그래서 그땐 '뭐야, 내 얼굴은 피부 빼면 시체야?'라는 배부른 생각까지 했었다.

근데 대딩 때 피부 안 좋아지니까 진짜 볼 거 없구나 싶었던 내 얼굴. 피부는 정말 중요하다. 피부 트러블들을 어둡고 노란 파운데이션으로 가려서 하얗다는 말 한마디 못 듣고 끝난 내 대학생활. 하지만 끝날 것 같지 않았던 피부 암흑기를 극복했고, 그 경험담을 나누고 싶었다.

백설마녀의 꿀팁!

1. 시트팩은 냉장고에 보관

화장품을 사고 나서 샘플을 주면 몽땅 시트팩으로 받는다. 시트팩은 비싼 것과 싼 것의 차이를 잘 못 느껴서 아무거나 쓴다. 하나 뜯어서 20분 붙이고 나서 흡수가 다 되면 그 위에 수분크림을 듬뿍 발라준다. 특히 트러블을 짜고 나서는 꼭 차가운 시트팩으로 진정시켜 주는 것이 필수!

2. 얼굴 만지지 않기

턱을 괸다거나 습관적으로 얼굴 만지는 분! 손과 핸드폰이 제일 더러운 거 아는가? 나는 전화할 때도 폰에 귀만 살짝 대고 통화한다.

3. 코 피지 제거

짜지 마라. 짜면 모공이 더 커진다면서? 짜지 말고, 2차 세안할 때 손톱으로 긁어내라. 그럼 각질이랑 피지가 하얗게 불어서 나온다. 그렇게만 해도 더 커지지 않고, 관리가 된다.

4. 베개 커버, 퍼프 갈아주기(위생)

베개 커버 자주 빨아라. 제일 좋은 건 베개 위에 수건을 깔고, 매일 수건을 갈아주는 것. 이게 힘들면 일주일에 한번 수건을 갈아도 트러블 예방에 좋다.
쿠션 퍼프 세척이 힘드니까 1+1세일 때 많이 쟁여서 자주 갈아주자. 전문가 의견으로는 1주일에 한 번 갈아주는 게 좋다고 한다. 나는 한 달에 한 번 갈아준다.

08

머리 기르기

머리를 기르기로 마음먹었다면 일단 미용실에 가서 볼륨매직을 하고 이제부터 머리를 기를 것이니 끝을 살짝 정리 해달라고 하면 된다. 머리길이가 겨드랑이까지 내려올 때까진 층 없이 일자로 기르는 편이 깔끔하다. 그러다 머리가 너무 무거우면 밑에서부터 U자나 V자 모양으로 조금씩 층을 내는 것이 좋다. 최소한 브래지어 아래끈까지 길러보도록 하자.

이제 막 헤어 뷰티에 관심을 가진 내가 쓰는 제품들

샴푸　　로레알파리 토탈리페어5 리페어링 샴푸
린스　　로레알파리 토탈리페어5 인스턴트 미라클 헤어팩
　　　　　일진 아렌 LPP 트리트먼트 펌&칼라 1000ml
에센스　마쉐리 아큐아듀 에너지 EX
오일　　모로칸 오일

머리 감는 법

① 머리를 앞으로 숙이고 샤워기를 두피에 아예 갖다 대서 두피 전체를 완전히 적신다(대야에 물 떠놓고 머리 박는 게 제일 좋다). 샴푸는 두피를 위한 것이니 신경 써서 적셔 주자.

② 손끝으로 마사지하며 두피 위주로 샴푸 후 두피 위주로 헹군다.

③ 물기를 충분히 짜내고 트리트먼트를 두피에 닿지 않게 머리카락 끝 위주로 도포한다.

④ 세수 및 샤워 등을 하면서 시간을 보낸다. 비닐캡을 쓰고 반신욕을 하는 것도 좋다.

⑤ 손끝으로 마사지하며 두피 위주로 꼼꼼히 헹군다.

※ 지성용 샴푸로 ②번을 두 번 하면 확실히 기름이 덜 생긴다. 샴푸는 두피 중 특히 정수리 위주로 하자.

머리 말리는 법

① 수건 한 장을 완전히 적실 정도로 타월 드라이를 한다.

② 손으로 머리를 빗으면서 드라이어로 두피 위주로 말린다(1/3 말림).

③ 어느 정도 정리가 되면 큰 빗으로 빗고, 에센스를 바른다.

④ 다시 두피 위주로 머리 전체를 말린다(2/3 말림).

⑤ 큰 빗으로 빗고, 오일을 바른다.

⑥ 다시 두피 위주로 머리 전체를 말린다.

⑦ 얇은 빗으로 머리 바깥쪽이 아닌 안쪽에서 빗어준다.

드라이어는 바람세기(강중약)와 온도(고중저)가 따로 조절되는 것이 좋다. 온도는 처음부터 저온을 쓰는 것이 제일 좋고, 아무리 바빠도 ⑥번에서 만큼은 반드시 저온으로 말려야 된다. 머리를 말릴 때 고온으로 하면 머릿결도 상하고, 얼굴 피부에도 자극을 줘서 홍조와 건조를 동반하게 된다. 고온은 스타일링할 때만 사용하고, 드라이할 때는 중저온만 사용하자.

머리 웨이브 만드는 법 ─────────────────────○

유튜브에서 '백설마녀 고데기'를 검색하세요.

두피, 즉 머리끝부터 노화가 진행되면 얼굴 피부가 아무리 탱탱해도 위에서부터 처지는 것을 피할 수 없다. 또한 두피가 건강해야 머리카락이 굵고 탱탱하게 자라고, 머리카락 수명도 늘어난다. 머리카락의 무게를 견디는 힘이 약할수록 머리카락이 빨리 떨어져 머리 전체 길이가 더 이상 길어지지 않는다. 동안이 되기 위해서 두피 스켈링도 헤어팩처럼 주기적으로 꾸준히 해주자.

09
카메라 마사지

웃는 연습에도 단계가 있는데 다음과 같다.

1단계. 거울 보고 웃기
2단계. 셀카 찍기
3단계. 남이 찍어 주는 사진 보기

흔히 연예인들이 카메라 마사지를 받는다는 말을 쓴다. 물론 각종 시술 덕분에 미모가 일취월장하는 것도 있지만. 카메라 마사지는 실제로 존재한다.

깜찍한 무대 매너로 유명한 걸그룹 '오렌지 캬라멜'은 컴백 무대를 갖기 전에 독방에 갇혀서 매일 5시간씩 노래를 틀어놓고 전신거울을 보며 표정 연습을 했다고 한다. 그녀들이 자유자재로 구사하는 상큼발랄한 표정은 그 냥 나오는 것이 아니었다.

거울 보고 웃기와 셀카 찍기로 열심히 연마했던 나의 미소는 웨딩촬영에서 정말 처참하게 무너졌다. 남이 찍어주는 사진에서는 영 표정이 살지 않았던 것이다. 거울이나 셀카를 보면서 웃을 때는 내 얼굴을 볼 수 있지만, 남이 찍어줄 때는 내 얼굴인데도 어떤 표정을 짓고 있는지 알 길이 없다. 그리고 얼굴만 나오는 셀카와 달리 전신이 나오는 사진에서는 어떤 자세와 몸매가 예쁘게 나오는지도 연구해야 한다. 일반인 프로필 촬영해주는 스튜디오에서 전신사진을 찍어보면 어떤 포즈와 각도가 좋은지 전문가에게 자연스레 배울 수 있다.

남이 찍어주는 사진에서 잘 나오기 위해서는 하루 1시간씩 큰 거울에서 1m 이상 떨어진 곳에 앉아서 연습해야 한다. 남이 찍는 사진과 셀카의 가장 큰 차이점은 셀카에서는 눈을 땡그랗게 뜨기 때문에 눈이 제일 잘 보이지만, 남이 찍은 사진에서는 입이 제~일 잘 보인다는 점이다. 가까이에서 예쁘려면 눈이 예뻐야 되지만, 멀리서 봤을 때도 예쁘려면 입이 예뻐야 된다. 눈코입 중에서 제일 큰 게 입이기 때문이다.

'입 다물고 미소 짓기'는 물론이고 특히 '윗니만 보이고 미소 짓기'를 연습하면서 윗잇몸과 아랫니가 보이지 않고 윗니만 가지런히 보여주며 웃을 때의 '입술과 광대 근육에 힘을 준 정도'를 몸으로 외워야 한다. 남이 찍어줄 때는 내 표정을 볼 수 없으니까. 게다가 웨딩촬영에서는 입 다물고 찍는 씬이 거의 없다. 정말이다.

웨딩촬영에서 처참히 짓밟힌 나는 결혼하고 나서도 끊임없이 카메라를 들이미는 남편 덕분에 미소 연습을 '셀카'에서 한 단계 더 업그레이드할 수밖에 없었다. 남편이 찍은 내 사진들을 보면 셀카에 비해 너무 못생겼기 때문이다. 카메라 마사지가 한 단계 업그레이드되니, 자동적으로 헤어스타일과 머릿결에도 더욱 신경 쓰게 됐다. 셀카만 찍을 땐 머리가 지저분하고 뒷모습이 안 예쁜 것도 몰랐었다.

고작 사진을 찍는 것으로도 이렇게 외모가 강제 업그레이드되는데, TV에 나오는 연예인들은 어떻겠나? 사진에서 어색한 나를 보면 화가 나는데, 동영상으로 남겨지는 자신들의 외모를 보면 어떻게든 예뻐지려고 애쓰게 될 것이다.

5교시
예쁜 여자는
팔자 좋은 여자를
못 이긴다

여우인 척, 하는 곰인 척, 하는 여우

아니면 아예 다른 거

어느 쪽이게?

아이유 〈스물 셋〉

01

남자와의 대화법
– 애인과 싸우지 않는 방법

나는 친구와도 애인과도 싸우는 것을 싫어한다. 여자 친구들한텐 항상 내가 받은 것이 더 많았기 때문에 불리할까봐 말도 못 꺼낸다. 하지만 내가 맘에 안 드는 것이 정도를 넘어서면 안 싸우고 바로 영원히 생깐다. 그냥 남자사람 친구도 마음에 안 드는 게 생기면 미련 없이 생깐다. 영원히. 나는 애인과도 안 싸운다. 그래서 늘상 애인과 지지고 볶는 커플들을 보며 의아했다. 도대체 뭘로 싸우는 걸까?

1. 호칭 문제

연하인 애인이 호칭을 제대로 안 쓴다. '야, 임마, 너' 등 친구한테나 쓸 호칭을 쓴다. 이건 사실 연상의 애인도 써서는 안 되는 호칭이다. '오빠'나 '자기' 정도가 무난하다.

2. 말투

일단 호칭이 '야, 임마, 너'로 나가게 되면 말투가 곱게 나갈 수도 없다. 친구들한테는 곱게 말하면서 애인이나 가족한테는 말투가 못된 애들이 있다. 자신이 애인한테 슈퍼갑이라고 생각하거나, 본인이 을인데 불만을 말 못해서 그렇거나, 걍 성격이 그런 ×들.

그리고 연하가 연상의 애인에게 반말을 할 수는 있지만, 멀리서 부를 때나 대답할 때처럼 언성이 높아질 때는 꼭 높임말을 쓰자. 멀리서 요청을 한다고 치면 "내 옷 좀 갖다 줘!"가 아니라 "내 옷 좀 갖다 주세요!"라고 해야 한다. 큰 목소리로 반말하지 않도록 주의하자. 특히 남들 앞에서는! 남 앞에서 애인의 위신을 떨어뜨리는 것은 정말 멍청한 짓이다.

3. 애매한 요청

주로 여성이 범하는 오류다. 요청을 애매하게 해선 안 된다.

"내 앞에서 담배 피지 마."

단호하게 한마디 하는 것이 좋다.

"누구는 여자 친구 앞에서 안 핀다던데……."

이런 말은 하지 않도록. 요청은 짧고 분명해야 한다.

"컴퓨터 끄세요."

"길에 쓰레기 버리지 마요."

"분리수거 해주세요."

이걸로 끝내야 한다. 사실 남자들은 명령(요청)을 듣는 것을 그리 기분 나쁘게 생각하지 않는다. 빙빙 돌려서 못 알아먹게 해놓고, 나중에 화내는 게 더 어이없는 일이다. 특히 호감 있는 여자의 부탁을 들어주는 것은 정말 기분 좋은 일이다.

"이 문제는 잘 모르겠어. 설명해줘" 같은 거나,

"카메라 사는 것 좀 도와줘" 같은.

남자는 그런 말을 들을 때 여자가 자신을 신뢰한다는 느낌을 받는다. 그리고 연상에게 요청을 할 때는 높임말을 쓰는 것이 좋다. 여기서 중요한 건 '요청'이 이루어졌을 때 반드시 '칭찬'을 하는 것이다. 마치 아이나 개를 훈련시키듯이. 그런 말도 있지 않는가. 모든 남자는 애거나 개다. 하지만 이런 생각을 한다는 것을 절대 들키지 않도록 하자. 그 소릴 듣고 발끈하지 않을 남자는 없다.

4. 이성 친구 문제

이성 친구로 속을 썩인다면(내가 분명하게 요청했음에도 묵살한다면) 헤어지는 것을 권고한다. 나는 공대 출신이라 내 애인들은 내가 남자 만나는 것에 언제나 노터치였다. 학교에 여자 친구가 없는데 어쩌란 말인가?

그런데 결혼 후, 남편과 있는데 남자사람 친구(이하 남사친)한테 전화가 와서 평소처럼 태연하게 받은 적이 있었다. 끊고 나서 생각해보니 그 시간은 '저녁 시간'이었고 남편과 단둘이 드라이브하는 시간이었다. 그 후 나는 남편과 있을 때는 남사친 전화를 받지 않는다. 이게 정상인의 사고회로다. 역지사지의 사고회로.

내가 이런 '배려'를 하는 것은 사실 이 친구가 남편보다 더 오래된 사이니까 더 그래야 된다고 생각했다. 내 애인이나 배우자에게 나보다 더 오래된 이성 친구가 있는데, 내 앞에서 둘이 굉장히 친한 티를 낸다면 더욱 소외감을 느끼기 쉬울 테니까. 언제나 이성 친구는 애인보다 하(下)급으로 두어야 하고 그것을 애인 앞에서 보여줘야 한다. 평소 굉장히 자주 남사친들과 통화하던 나도 요즘은 남편 앞에서 폰이 울리면 그냥 끊어버린다.

마찬가지로 내가 애인의 여자 친구 때문에 화를 낸 적은 없었다. 사실 남자에게 이성 친구란 '애인이 못 만나주는 시간에 만나는 존재'일 뿐이다. 나는 대딩 때 굉장히 한가한 여자였기 때문에 내 애인이 굳이 다른 이성 친구를 만날 필요가 없었다.

하지만 한가한 나랑 놀려고 남사친들이 애인을 등한시하는 경우는 있었다. 그럴 때 그 남사친들의 애인 중 몇몇은 심지어 울기까지 하면서 나에게 적대감을 드러냈지만 남사친들은 개의치 않았다. 옛날엔 심심했던 나의 이기심 때문에 그 여자들이 울든 말든 신경 쓰지 않았다. 당시엔 '내가 놀 친구가 이 남자밖에 없는데 어쩌란 말인가?'라는 생각뿐이었다(대딩 때 나는 분명 애정 결핍이었던 듯).

결국 남사친들에게 그 여자들은 그 정도 존재밖에 안됐던 것이다. 나라는 '친구'한테 밀리는 '애인'. 그런 연애는 하지 않길 바란다. 아주 오래된 '동성 친구'한테 밀리는 경우도 이해하기 힘든데 '이성 친구'한테 밀리는 애인이라니. 반드시 헤어져야 할 관계다.

내가 분명하게 요청했음에도 불구하고, 굳이 다른 이성 친구를 만나려는 남자는 솔직히 그 이성 친구랑 더 오래 관계를 유지하고 싶다는 얘기다. 둘이 잘~ 놀게 내버려두고 헤어져라.

5. 사랑 확인

사실 사랑받고 있다는 확신이 있다면 싸울 일이 거의 없다. 마음이 평화롭다. 애인이 이성 친구를 만나고 있어도 마음이 편하다. 애인이 지나가는 여자를 쳐다봐도 아무렇지 않다(사실 이건 내가 특이한 거다. 내 자신이 예쁜 여자 구경을 너무 좋아한다. 예쁜 여자가 있으면 꼭 내가 먼저 언급할 정도).

애인에게 사랑받고 있다는 확신이 있으면 필요한 사안을 분명하게 요청할 수 있다. 그러나 내가 을이라고 생각하면 분명한 요청을 할 수가 없다. 말이 자꾸만 애매하게 나가고, 말할 타이밍도 자꾸 뒤로 밀린다. 자신이 없으니까.

더욱이 남편도 아니고 애인이면 어떤 요청을 했을 때 남자가 "내가 왜?"라고 하면 솔직히 할 말이 없다. 예를 들어 "걔랑 술 먹지 마"라고 했을 때 남자가 "내가 왜?"라고 하면 얼마나 논리적으로 답할 수 있는가? 그냥 내가 기분이 나쁘니까 하는 말이지 법에 저촉되는 사항도 없다. 남자가 "걔(남자)도 알고 보면 좋은 애야", "걔(여자)는 그냥 친구라니까"라고 하면 끝이다. 이런 식으로 내 요청이 씨알도 안 먹힐 거 아니까 제대로 요청을 할 수가 없다. 자꾸만 거절당하는 상황이 두려운 것이다.

하지만 요청이 분명하지 않으면 분명 그것 때문에 훗날 분노가 폭발해 이성을 잃고 싸울 수밖에 없다. 괜히 다른 걸로 트집 잡아 싸우는 경우도 이 때문이다. 여자가 분명 하고 싶은 말이 있는데 제대로 못하니까 다른 걸로 꼬투리 잡고 싸운다.

내가 그랬었다. 내가 '을'이라고 생각했던 연애 중에 나는 변변한 요청을 해본 적이 없었다. 화를 못내는 내 성격 때문에 제대로 싸우지도 않고 속으로 화병만 생겼다(그 남자랑 사귀는 내내 내 피부는 뒤집혀 있었다. 내 피부가 안 좋았던 건 평생 중 딱 그때뿐이었다). 내가 싸움을 싫어하는 성격이라 싸운 적은 없었지만, 매일 불만이 가득한 연애였기에 분명 일반적인 여자였다면 허구한 날 싸웠을 것이다.

지금 남편과(갑-을이 없는 관계)는 가벼운 요청이나 부탁은 바로 그때그때 하고, 혹시 내가 서운한 일이 있으면 무거운 이야기는 내 화가 다 가라앉았을 때 팩트(Fact)만 말한다. 이것도 내가 사랑받는다는 확신이 있으니 화가 가라앉는 것이고, 그 확신이 있으니 언젠가 팩트도 말할 수 있는 것이다. 화가 가라앉기까지 길게는 한 달이 걸릴 때도 있다. 정말 내 스스로 담백하게 말할 수 있을 때 이렇게 말하면 싸울 수가 없다.

"근데 오빠, 그때 그거 이제 그러지 마요."

"근데 있잖아, 오빠 그때 그거 왜 그런 거예요?"

물론 못 참고 말하는 한 가지는 있다. 그런 거 한 가지쯤은 있지. 내 경우는 '폰 배터리 방전'이다. 남편 폰이 불통이면 안 된다. 잠시라도 불통이 된 후에는 폰이 살아나거나, 집에 왔을 때 말한다.

"내가 다른 건 다 참아도, 이건 안 된다고 했잖아요."

다행히 이 말도 지금껏 딱 두 번만 했다. 화를 절대 안 내는 여자가 이렇게 말하니까 씨알이 먹히는 것이다. 물론 남편이 날 소중하게 생각하니까 씨알이 먹히는 것도 있고, 웬만해서는 애인한테 화내지 마라. 그럼 진짜 중요할 때 씨알이 안 먹힌다. 별것도 아닌 일에 자꾸만 화가 난다면 네 성격에 문제 있거나, 네가 을인 경우다.

'쓸데없이 싸우는 커플'의 이유가 이런 것들이지 않을까. 자신의 말투에 신경 쓰고, 웬만해서는 남자에게 화내지 말자. 관계에 있어서 갑도 을도 아닌 포용력 있는 여자가 되자.

이미지 트레이닝을 할 때 항상 '남자가 주인공인 만화나 드라마, 영화'를 보라고 했다. 거기에 나오는 여주들의 성격이 까칠하고 신경질적인 경우는 없다. 항상 온화하지만, 결단력이 있는 성격이다. 그런 식으로 머릿속에 이미지 트레이닝을 하고 스스로에 대해 생각해 보길.

02
20대 여자의 필수 교양
- 남편감 고르는 안목

법륜 스님의 책 《스님의 주례사》에는 정말 주옥 같은 글귀가 많다. 그런데 이 책을 읽다보면 '헐! 이렇게까지 해야 돼?' 싶을 때가 있을 건데, 그런 각오로 결혼을 하라고 말하고 싶다.

우리는 수능 한 방을 위해 수십 번의 모의고사를 치른다. 수능, 인생에서 별거 아니라고 고3들을 위로하긴 하지만 이 한국땅에서 솔직히 별거긴 별거이지 않는가? 수능 하나를 위해서 초딩 때부터 12년째 시험병기로 키워지고 있지 않느냐는 말이다. 별 효과도 없는 선행학습과 무료하고 반복적인 복습을 하고, 고딩 때부터는 아예 똑같은 유형과 스케줄의 모의고사도 수십 번 마땅히 이행한다.

그런데 어떻게 결혼은 별 각오도 없이 하느냐는 말이다. 심지어 연애도 별로 안 하고 말이야. 수능장은 비장~하게 들어가면서 결혼식장도 그렇게 비장~하게 들어가는가? 나이 좀 먹었다고 대충 옆에 있는 사람이랑 식장에 들어가는 경우가 생각보다 많다.

　대충 직업이나 집안만 보고 결혼하는 것이다. 그런 걸 보면 정말 놀랍다. 첫 연애는 미친 듯이 고민들 하면서 결혼은 별 생각 없이 하는 것 같다. 연애 좀 하다 보니 그놈이 그놈 같아서 그런가 본데, 그건 아니다. 솔직히 말해서 그렇게 돈 보고 결혼한 여자들은 돈에 감사하고 살아야 되는 것 아닌가? 결혼하고 나서야 사랑까지 바라니 결국엔 가정이 파탄 난다. 본인 스스로는 돈 보고 결혼한 여우라고 생각했겠지만, 결국엔 평범한 사랑을 꿈꾸다 헤어지는 평범한 사람일 뿐이다. 그런 속물짓 아무나 하는 거 아니다. 까불지 말고 사랑하는 사람과 결혼하자.

　특히 속궁합에 대한 무지로 대~충 합 맞추고 결혼해서 애 낳고 나면 전우애만 남는다. 남-녀 사이가 아니라 가족 사이가 된다. 그래서 30대가 되서 성욕이 폭발했는데 밤일에 관심 없는 남편 앞에서 우는 여자들 사연도 많이 봤다.

　인간관계에 대한 무지로 그나마 그 가족 사이도 유지하기 힘든 경우도 있다. 예를 들면 '상대방의 이기적인 식탐' 때문에 파혼하는 경우도 있다. 사람은 바뀌지 않으니까. 상대방의 식탐이 그렇게 치명적인 건지 이미 연애 단계에서 깨닫고 헤어졌더라면. 그리고 예전에 이미 그렇게 헤어졌던 경험이 있었더라면 그 사람과 약혼까지 하지도 않았을 것이다. '나는 식탐 부리는 사람과는 살 수 없다'는 사실을 어릴 적 다양한 만남들을 통해 먼저 알았어야만 했다.

　'속궁합+인생에서 가장 긴 시간 얼굴 보고 살 사람의 몇 가지

조건' 이것만 딱 보고 나머지는 뭐가 어떻게 됐든 바꿀 수 없는 거니까 '평생 내가 다 참고 살겠다' 이런 각오로 결혼해야 된다.

괜히 같이 살면서 이런 소리 하지 마라.

"당신은 왜 이것밖에 못해?"

"당신은 왜 이것밖에 안 돼?"

그런 말 백날 해도 안 바뀔 건데, 괜히 시비 붙어서 싸우지 마라. '참고 평생을 화목하게 살든가, 죄 없는 애들 앞에서 더러운 꼴 보이기 싫으면 갈라서든가' 이런 각오로 결혼을 해야 된다.

내가 결혼할 때 걸었던 그 몇 가지 '조건'들과 같이 살면서 더 알게 된 몇 가지 '장점'들에 대해서 진심으로 감사한 마음으로 살면 상대방도 더욱더 나를 사랑하게 된다. 그리고 누군가를 사랑한다는 것의 최고 장점은 '더 좋은 사람이 되고 싶다'는 것이다.

감독 제임스 L.브룩스
출연 잭 니콜슨, 헬렌 헌트

바로 영화 〈이보다 더 좋을 순 없다〉의 명대사처럼.

"You make me want to be a better man."
"당신은 내가 더 좋은 사람이 되고 싶게 만들어요."

같이 살면서 나에게 더 빠져버린 남편은 시간이 지날수록 더 좋은 사람이 되려 할 것이다. 나에게 더욱더 칭찬받기 위해 애쓰다보면 단점이 사라지거나 장점이 늘어나게 되는 것이다.

사람은 절대 바꿀 수 없는 거라지만, 같이 사는 여자의 현명한 지극정성이 있다면 '기적적으로' 가능하다. 절대 내가 억지로 바꾸는 것이 아니라 남자 스스로 바뀌려는 마음이 생긴다. 진정한 남자는 자신을 알아봐주는 여자를 위해 목숨도 바칠 수 있다. 그를 존경하라. 이미 결혼을 했다면 '기적'을 일으키겠다는 각오로 정말 스님처럼 도 닦는 마음으로 참을성 있게 지극정성을 다해야 한다. 아직 결혼 안 한 사이라면 그런 정성 쓸데없다. 헤어져라. 기적은 아무에게나 오는 것이 아니다.

《스님의 주례사》에서는 그저 참고 잘해주면 저절로 일이 좋아질 것이라고만 적혀 있다. 그게 이해하기 힘든 부분인데, 참고 잘해주면서 남자로 하여금 여자로서 날 더 사랑하게 만든다는 것이다. 그럼 나한테 더 잘 보이기 위해 더 좋은 사람이 된다는 결론이고.

그래서 나는 이 말을 '속궁합이 좋다'는 것을 전제로 깔고 생각한다. 이게 좋아야 남-녀 사이가 유지가 된다. 그래야 나한테 잘 보이고 싶지. 그 남자와 같이 살았던 '엄마'가 그 남자를 바꿀 수 없었던 이유가 이거다. 가족 사이이기 이전에 남녀 사이가 유지되어야 한다. 그러니까 제발 속궁합 안 맞는 사람이랑 결혼하지 말자.

속궁합 외에 내가 도저히 참을 수 없는 몇 가지 조건이 무엇인지는 여러 연애를 통해서 미리 알아야 한다. 그래야 결혼할 때 어떤 확신을 가질 수 있다. 그리고 그 확신을 밀고 나가서 흔들리지 말고 남편을 계속 사랑해야 된다. 그런 각오로 결혼을 했으면 좋겠다.

03

현명한 결혼의 지침서
〈연애오답노트〉

"선배님, 어떻게 그렇게 빨리 결혼하셨어요? 이 남자가 내 남자라는 확신이 어떻게 그렇게 빨리 서셨어요?"

이 후배가 몇 번이나 물었던 거 같은데, 그날 확실하게 답해준 것 같다.

"결혼은 '우수'한 남자를 찾는 게 아니라, '하자' 없는 남자를 찾아서 해야 돼."

대학시절, 나의 전남친은 우수한 사람이었다. 성적은 과탑이었으며, 공대에서 나의 존재감은 '잘생긴 사람 여친'이라고 불릴 정도였다.

하지만 그 사람은 여친인 나조차 '속을 알 수 없다'는 치명적인 하자를 갖고 있었다. 애인이 뭔 생각을 하는지 알 수 없는 나는 얼마나 불안했을까?

그럼에도 불구하고 나는 우수한 두뇌와 외모를 가진 2세를 낳고 싶다는 일념으로 못 헤어지고 있었다.

그 하자를 바꿔보겠다고 n년을 애썼지만 역시 안 되는 건 안 되는 거였다. n년 동안 내가 자신을 얼마나 괴롭혔나를 생각하면 안타깝다. 그 사람이 나를 괴롭힌 것이 아니다. 내 욕심이 나를 괴롭히고 있었다.

이 글을 읽는 여러분들도 그렇게 자신을 괴롭히는 행동은 하지 않길 바란다. 누누이 말하지만 사람이 사람을 바꿀 수는 없다.

하지만 그렇게 우수한 사람과 헤어지고 내가 어떤 생각이 들었을까?

'여기서 더 우수한 사람을 만난다는 게 가능할까?'

어리석은 고민이었다. 그게 문제가 아닌데 말이다. 헤어지고 나서는 '전남친의 하자'를 '장점'으로 갖고 있는 사람을 찾아야 한다. 나는 EQ가 높은 사람을 만나면 되는 것이었다. 그 사람의 장점이었던 외모와 IQ에 너무 집착하면 안 된다. 물론 외모나 IQ에 대한 내 눈은 높아졌지만, 그것은 그 사람에게 감사할 일이고 거기에 계속 집착해서는 안 된다.

남자에 대해서 어떤 스펙을 따질 때 '이상형'에 대해 생각하면 안 되고, '최소 스펙'으로 따져야 한다. '키는 180 이상이면 좋지'라고 막연하게 이상향을 생각하면 안 되고, '키는 170만 넘으면 돼!'라고 절대 물러설 수 없는 최소치를 생각하라는 것이다.

〈연애오답노트〉는 그런 식으로 적어나가는 것이다. 키가 작은 남자를 만나봤는데, 도저히 안 되겠다 싶어서 그것 때문에 헤어졌다면〈연애오답노트〉에 그렇게 적으면 된다.

"키는 170 이상!"

헤어지게 만든 결정적 이유를 하나씩 적어서 내가 절대 허용할 수 없는 '하자'가 뭔지를 알아야 된다. 키 작아도 상관없는 사람이 있고, 상관 있는 사람도 있다. 각자가 물러설 수 없는 '기준'이 다 다르다.

"내가 저 어깨 하나 보고 결혼했지"라고 말하면 안 된다. 그런 단편적인 면에 반해서 결혼해서는 안 된다. 그 콩깍지가 벗겨지면 서로 힘들어진다. 이상형이 아니라 내가 절대 물러설 수 없는 기준들을 모두 넘어선 남자를 찾아야 된다. 그래야 싸우지도 않을 것이고, 미련도 없을 것이고, 더 넓은 어깨를 가진 남자를 보고 눈 돌아가는 일도 없는 것이다.

만난 남자들이 여러 명이 되면, 딱 그만큼 '헤어지게 된 이유'가 쌓이고 '내가 물러설 수 없는 기준'이 여러 개 생긴다. 전남친들과 헤어진 덕분에 나도 몰랐던 나의 불호(不好) 기준들을 알게 된다.

'책 안 읽는 사람은 안 되는구나.'

'옷 못 입는 사람은 안 되겠구나.'

'감성코드가 안 맞아도 안 되는구나.'

'코가 낮은 건 역시 거슬려.'

'EQ가 없는 사람과 만나면 이런 기분이구나.'

이런 식으로 '헤어지게 된 이유'들이 쌓인다. 그러면 나는 책도 자주 읽고, 옷 잘 입고, 감성코드 잘 맞고, 코도 예쁘고, EQ가 높은 사람을 만나면 된다.

결혼은 우수한 사람을 찾는 것이 아니다. 내 기준에서 '하자 없는 사람'을 찾아서 해야 하는 것이다. 물론 전남친의 장점들도 쌓인다. 그런 면에서는 내 눈이 높아지는 것에 감사하면 된다.

'똑똑한 사람은 좋구나'

'철든 남자는 듬직하구나'

'잘생긴 남자는 바람둥이라더니 꼭 그렇지도 않네. 볼 때마다 기분이 좋다'

이런 식으로. 그래서 이성을 많이 만나본 사람일수록 결혼을 잘하는 것이다. 결혼을 잘한다는 것은 우수한 사람을 만나는 것이 아니라 나에게 꼭 맞는 사람을 만나는 것이다. 평생 같이 살아도 내 속을 안 썩일 사람을 찾는 것이다.

"이 사람은 다 좋은데 연락이 잘 안 돼."

연락이 안 되는 게 불만이면 헤어져라. 연애할 때 연락 안 되는 놈이 결혼하면 폰 붙잡고 살 것 같나? 그런 사람이랑 살면 평생 속이 문드러진다. 하자 있는 남자를 바꿀 수 있을 거라는 헛된 희망은 저 멀리 던져버려라. 얼른 헤어지고, 연락 자주 오는 다른 남자를 만나면 된다.

그렇게 내 기준에 맞는 남자를 찾는 여행의 끝에 당신이 한평생 가장 오랜 시간 얼굴을 보고 살 사람이 서 있을 것이다. 내가 가장 오랜 시간을 보고 살 사람은 부모님도 자녀도 아닌 배우자임을 잊지 마라. 부모님도 자녀도 끽해봐야 20~30년 볼 사이다. 하지만 배우자는 약 100년을 같이 살 사람이다(나는 내 기대수명을 120으로 본다).

부모님도 자녀도 내가 선택하는 것이 아니지만, 배우자는 내가 선택하는 가족이다. 신중하고 후회 없는 선택을 하시길.

04
퍼주는 여자가 차이는 진짜 이유

여자는 좋아하는 사람보다는 좋아해주는 사람을 만나면 더 잘 산다고 한다. 요즘도 그렇게 구전되고 있는지 모르겠는데, 내가 어릴 때(20대 초중반) 많이 듣던 얘기다. 지금 주변을 둘러봐도 그 얘긴 맞는 것 같다. 물론 성향에 따라서 나처럼 자기가 좋아하는 사람 아니면 안 되는 여자도 있지만, 대부분은 사랑받으며 사는 쪽을 택하는 것 같다.

하지만 20대 초반에는 여자들도 남자 못지않게 자기가 좋아하는 사람에게 매달려서 애정 표현과 애정 공세를 거침없이 솔직하게 마구잡이로 한다. 나도 그랬었다. 그런 나의 솔직한 모습을 그냥 막 보여줬을 때 그걸 온전히 받아들이는 남자가 내 짝이라고 생각했다. 하지만 그래선 안 되는 거였다. 그건 남자가 원하는 것이 아니기 때문이다. 여자의 마구잡이식 '자기만족을 위한 애정 표현'에 남자는 질리고 만다.

가장 흔히 들 수 있는 예로 '십자수', '직접 짠 목도리', 혹은 이건 진짜 옛날 예지만 '종이학' 같은 것. 어떤 미친놈이, 아니 세상 어떤 남자가 그걸 받고 진심으로 기뻐할 수 있을까? 네가 크리스마스 선물로 '축구화'를 받는다면 비슷한 기분일 것이다.

어릴 때 〈러브장〉 써본 사람? 그것도 그냥 여자들의 '자기만족형 애정 표현'이다. 아기자기하게 직접 꾸미고, 오리고 붙이고 하는 자신의 모습이 너무 좋고 사랑스럽고 대견한 것이다. 네가 '남자 친구가 직접 기워서 만들어 온 축구공'을 선물로 받으면 비슷한 기분일 것이다.

여중, 여고를 나와 아직 남자들의 감성코드를 몰라서 자기 식대로 애정 표현과 선물을 하고, 늘 푸념하고, 그럴 때 공감 안 해주면 서운해하는 여자들 많다. 공감을 안 해주니까 소울메이트가 아닌 것 같고. 그러지 말자. 험담과 푸념으로 친해지는 것은 일부 여자들의 방식이다.

혹은 남자가 힘들어 보일 때 괜찮다고 하는데도 돕겠다고 깝치는 거, 하지 말자. 남자들이 원하는 감성코드는 따로 있다. 내가 좋아하는 남자에게 사랑받으려면 거기에 맞춰서 애정 표현을 해야 된다.

남자에게 실컷 퍼주다가 차이는 걸 반복하는 여자들이 있다. 그 이유는 남자들이 원하지도 않는 걸 자꾸 퍼주니까 질려서 차이는 것이다. 잘해주니까 떠나간다고 하지 마라. 짜증 나서 떠나는 것이다.

내가 이걸 언제 느꼈느냐? 나도 한 번, 나를 좋아하는 남자를 만나봤다. 그놈은 자신의 감성코드에 취해서 나에게 거침없이 애정 표현을 했다. 전혀 나에게 맞지 않는 감성코드로 편지를 쓰고, 불쑥 찾아오고, 내 스타일이 아닌 비싼 옷을 나에게 잘 보이기 위해 사 입었다. 그 모든 것이 날 위한 것이었지만 그 어느 것도 날 위한 것은 없었다. 날 사랑하는 자신의 모습에 도취된 본인의 애정플레이였다. 그도 그럴 것이 그놈도 처음 여자를 사귄 것이니, 그리 순진한 짓을 한 것이다. 처음엔 심드렁했던 나도 어느 순간엔 감동해서 좋아하는 감정이 생겼었지만, 그것도 생각보다 그리 오래 가지 않았다.

그렇게 '실컷 퍼주고 차이기'를 반복하던 여자들도 20대 중후반이 되면 지치는지 사랑받고 사는 것을 택하는 듯했다. 지금은 행복해 보인다.

하지만 아직도 남자와 여자의 감성코드가 다름을 인지하지 못하고 자기가 좋아하는 사람한테 자기 방식대로 퍼주는 여인들이 있다. 남자들은 나이를 먹어도 절대 '자기를 좋아하는 여자'에게 감동해서 사귀는 법이 없다. 자기가 좋아하는 여자에게 돌진할 뿐이다.

그러니까 아무리 시간이 지나도 '자기 방식대로 퍼주는 여자'가 행복해질 수는 없는 것이다. 쉬이 행복해지고 싶다면 그냥, 나를 사랑해주는 남자를 만나면 된다. 혹시 지금 너무 '주는 것'에 지쳐 있다면 예전의 나처럼 한 번쯤은 '나 좋다는 남자' 만나보길 바란다. 사랑을 받는 행복에 취할 수도 있고, 나처럼 질릴 수도 있다. 질리게 되더라도 그런 일방적 애정 표현을 받는게 어떤 기분인지 역지사지로 깨닫고 '남자한테 쓸데없이 퍼주기'를 멈추게 될 것이다. 만약 내가 좋아하는 남자에게 사랑받는 기적을 바란다면 남자가 원하는 방식으로 남자를 사랑해줘야 된다. 자, 그렇다면 남자가 원하는 애정 표현은 어떤 것일까?

05

내 남자가 원하는 애정 표현

다음은 '내가 분명 더 주고 있는데, 언제까지 내가 이렇게 일방적으로 줘야 되는가? 나는 언제쯤 사랑받을 수 있을까?'에 대한 답변이다. 연인 사이든 부부 사이든 마찬가지다. 지금부터 내가 하는 이야기가 어떻게 '애정 표현'이냐고 되물을 수도 있겠다. 여자들끼리 하는 아기자기한 '표현'과는 좀 다른 방식이니까. 하지만 남자들이 원하는 애정 표현 방식은 이런 것이다.

1. 절대 비난하지 않는다.

일단 그를 비난하지 말자. 어떤 상황에서든 비난해봤자 당신이 더 얻을 수 있는 것은 없다. 고질적 습관이 마음에 안 들면 헤어지라고 했다. 그게 아니라 그가 어떤 실수를 저질렀을 때는? 그때도 비난해선 안 된다. 화가 아무리 나도 화가 식을 때까지는 차라리 입을 다물어라. 그가 자신의 실수를 스스로 처리할 때까지 기다려라.

일례로 내가 남편과 홍콩 여행에서 돌아오는 날이었다. 홍콩에서 유명한 쿠키를 사는 것이 그날 우리의 마지막 미션이었다. 하지만 우리는 호텔에서 그리 일찍 나오지 못했고, 나는 아무리 생각해도 불가능할 것 같으니 그냥 공항으로 가자고 했다.

그래도 일단 쿠키샵 앞에 가보기로 했다. 줄이 너무나 까마득하게 서 있어서 그 자체부터가 관광지에서나 볼 수 있는 장관이었다. 나는 다시 한 번 공항에 가자고 했지만, 남편은 왠지 갑자기 고집을 부리기 시작했다. 반드시 사고야 말겠다고 했다. 비행기도 탈 수 있단다. 내 생각엔 불가능한 일이었지만, 해외여행에 대해서는 나보다 남편이 더 잘 아니까 같이 기다려 보기로 했다.

결국 쿠키를 사고 공항에 이륙 40분 전에 도착했지만 홍콩 항공사에서는 탑승할 수 없다고 딱 잘라 말했다. 환불도 불가능했다. 우리는 일단 그 비행기 값을 날렸고, 대한항공으로 가서 몇 시간을 기다려 아주 비싼 값을 치르고 나서야 새 티켓을 얻을 수 있었다.

보통 여자였다면, 난리가 나도 벌써 났을 일이었다. 하지만 나는 새로운 티켓을 살 때까지 단 한마디도 하지 않고 침묵했다. 그것이 바로 남자가 원하는 '애정 표현'이다. 어떻게 이런 상황에서 여자가 단 한 번도 자신을 비난하지 않는가에 대해 깊은 감동을 느낄 수밖에 없다. '이런 여자가 또 있을까? 어떻게 이럴 수 있지?'라는 생각이 드는 것이다.

남자는 '욕먹는 것'을 굉~장히 싫어한다. 여자가 상상하는 것 이상이다. 이것 때문에 애인한테 질려도 안 차고, 차일 때까지 개기는 것이 남자다.

몇 시간이 지나 새 티켓을 손에 얻고 나서야 나는 입을 뗐다.

"이제 그러지 마요."

그리고 우리는 웃으면서 신혼여행 때 가봤던 홍콩 소호에 다시 가보자고 걸음을 옮겼다.

그때 만약 내가 화를 냈다면? 대체 뭐가 달라지는가? 우리가 그 비싼 티켓을 사야 된다는 사실과 이제는 꼼짝없이 비행기에서 내리자마자 씻지도 못하고 출근해야 된다는 사실은 변함이 없었다. 내가 화를 낸다고 해서 아무것도 나아지는 것이 없다. 오히려 그 상황에서 화를 내지 않음으로써 내 남자에게 큰 감동을 안겨줄 기회를 나는 놓치지 않았다.

"왜 그랬어요?"

"어떻게 그래요?"

'왜'라느니, '어떻게'라느니 묻지 마라. 어린 시절 엄마한테 혼날 때 '왜 그랬냐'고 묻는 엄마에게 난 늘 할 말이 없었다. 그냥 그러고 싶어서 그런 거다. 남편도 그냥 쿠키가 사고 싶으니까 그런 거였다. 무슨 이유가 더 있겠는가? 몇 배나 더 비싼 비행기 값을 한 번 더 치르고 싶어서—였다고 대답해 줘야 속이 시원하겠는가?

2. 그를 찬미하라. (특히 부부일 경우)

극과 극으로 미련 곰탱이랑 야시시한 여우를 비교한다면, 미련 곰탱이는 자기가 해주고 싶은 대로 다 퍼주고, 여우는 입으로 그를 조종한다. 우리는 여우처럼 그를 칭찬하고, 치켜세우고, 동의해주면 된다.

집에서 밥 해주고 빨래 해주고 청소도 다 해주는 마누라가 돈돈돈 하면서 돈 얘기하면 짜증이 나는데, 술집에서 단지 입으로 옆에서 "오빠가 짱이야, 역시 오빠 말이 맞아. 우리 오빠가 최고지"라고 나불대는 술집여자한테는 지갑이 저절로 열린다.

집에서 다 해주는 마누라가 있는데, 뭐가 모자라서 술집에 가서 생돈 쓰고 있을까? 바로 '칭찬'이 모자라서 그렇다. 그 달콤한 한마디를 위해서 (물론 다른 즐거움도 있겠지만) 간다. 내 남자를 예찬하고 찬미하고 감사해하라. 아주 사소한 것일수록 칭찬하라.

"우와, 오빠 이런 것도 할 수 있어?"

"아, 여기 너무 맛있다!"

"벌써 설거지한 거야? 완전 감동!"

'이 집에서 당신은 꼭 필요한 존재이고, 난 이제 그대 없이는 살 수가 없다'는 식으로 찬미해야 한다. 그래야 남자는 '내가 있을 곳은 집'이라는 생각을 하게 된다. '역시 내가 없으면 안 돼지!'라고 뿌듯해한다.

3. 말없이 계속 퍼주면 남자는 모른다. 당신도 바라고 있다는 사실을.

말없이 묵묵히 집안일을 모두 해내고 있는가? 속으로는 도움을 바라고 있는가? '계속 하다보면 언젠가 한번은 해주겠지'라고 생각하는가? 천만에!

당신이 침묵하고 열심히 모든 일을 자처해서 잘하고 있으면 남자는 '아무 문제가 없다'고 생각한다. 마침내 여자가 지쳐서 집이 좀 지저분해져도 남자는 눈치채지 못한다.

'이 집은 더할 나위 없이 완벽하게 돌아가고 있군.'

당신이 부부가 아닌 커플일 때도 그렇다. 여자가 아무런 문제 제기를 하지 않으면 남자는 이 관계가 퍼펙트하다고 생각한다. 당신이 바라고 있는 것을 남자가 스스로 눈치채고 해줄 확률을 기다리느니 로또를 긁어라.

'쓰레기와 먼지가 쌓이고 있으니, 언젠가 한번은 치워주겠지?' 천만에!

'내가 매번 데이트 코스를 짜오는데, 언젠가 오빠도 한번은 짜오겠지?' Not at all!

어떠한 요구가 있기 전까지는 모든 것이 완벽한 상태에 놓여 있다고 믿는 것이 남자다.

가장 극적인 예를 들자면, 여자를 처음 사귀어 봤다고 주장하는 우리 아빠는 우리 엄마를 만나서 데이트 비용을 한 번도 안 내고 있었다고 한다. 아빠가 엄마를 쫓아다녀서 사귀었다고 들었는데, 그럼에도 불구하고 엄마가 아무 말 없이 매번 계산대로 가니까 '그런 갑다' 했다는 것이다.

남자가 이 정도로 모를 수도 있다. 결국 엄마는 아빠한테 말했다. 여자가 이런 말을 꺼내기가 힘든 것은 자존심이 상하기 때문이다. '내가 내 입으로 이런 소리를 해야겠어?'라는 생각이 여자를 괴롭힌다.

데이트 비용에 대해서 엄마가 한소리 하자, 아빠는 그제야 깜짝 놀라면서 다음날 은행에서 한 달치 월급을 찾아 엄마에게 상납했다고 한다.

'내가 왜 이런 당연한 요구를 내 입으로 직접 해야 되지?'

'쓰레기가 쌓이고 있잖아! 눈에 안 보여?'

자존심 상해하지 마라. 그냥 머리로 이해하라. 그 사람은 눈치채지 못하고 있다. 쓰레기가 쌓이고 있다는 사실을. 당신을 덜 사랑해서가 아니다. 당신이 더 사랑해서 그 쓰레기가 더 잘 보이는 것이 아니다.

그냥 요청(명령)하라.

"쓰레기 좀 버려줄래요?"(Would you~ ?)

"쓰레기 좀 버려줘요."

그 어떤 감정도 실어서는 안 된다. 아주 당연한 요구를 하듯 순진한 어투와 표정으로 물 흐르듯이 해야 한다. '당연히 할 거지?'라는 식으로.

물론 그 이전에 말했던 1번(비난하지 않기)과 2번(칭찬 세례)을 평소에 잘해놔야 된다. 이 요구를 거절해도 당신은 그를 비난하지 않을 것이고(1번), 이 요구를 받아들이면 당신은 그에게 폭풍 찬사를 아끼지 않을 것이다(2번).

예를 들어 '쓰레기 버리기'라는 퀘스트를 남자가 한 번 거절했다고 치자. "그래"라고 말하고 그를 비난하지 말고 그 즉시 쓰레기를 치워버리자. 한두 번은 참아라. 일단 자신의 거절에도 비난하지 않는 당신에게 '감동'할 것이다.

당신이 사람을 제대로 봤다면, 같이 살 만한 인간이라면, 그리고 평소에 더 작은 부탁에도 당신이 칭찬을 마르지 않게 했다면 세 번째에는 들어줄 것이다.

혹시 세 번째에도 거절한다면? 그 순간 한 번 더 단호하게 '당연히 들어 줄 거지?'라는 표정으로 다시 부탁하라. 남자가 뭐라 뭐라 변명을 하더라도 침묵하면서 '순진하고 연약한 표정'으로 쓰레기와 남자를 번갈아 봐라. 해줄 것이다.

"어떻게 매번 내가 치워!!!?"

이런 질문(비난)은 1번에서 말했듯이 하지 않기.

당신이 해주는 사소한 '챙겨줌'으로 남자가 감동할 것이라는 기대는 하지 마라. 당신이 아무 말 없이 하는 '쓰레기 버리기, 설거지하기, 청소하기,

식당에서 테이블 세팅하기, 영화 예매 미리 해놓기' 같은 사소한 일들을 고마워할 줄 모르는 남자니까. 그런 걸 남자들이 했을 때 폭풍 칭찬을 해줘야 '아, 이게 칭찬받을 일이구나' 하는 것이다.

고로 사소한 일을 안 해줘서 자존심 상해하지 말고, 부탁하는 것이 좋다.

"이제 한번쯤은 오빠가 데이트 코스를 짜야 되지 않아?" ← 이건 비난

"다음번엔 오빠가 데이트 코스 짜볼 수 있겠죠?" ← 요청에 확신이 없다.

(could you~ ?)

하니 마니 선택권을 주지 마라. 이 요청은 당연히 클리어 될 것이라는 확신을 어투에 담아야 된다. 프러포즈를 받을 때

"나와 결혼해 줄래요?"(Would you marry me?)라고 해야지

"나와 결혼해 줄 수 있나요?"(Could you marry me?)라고 하면 왠지 짜증 나는 것처럼.

"나와 사귀어 줄 수 있겠니?" 웩!

"오빠, 내일 만날 땐 오빠가 데이트 코스 짜와요^-^♡"라고 말하라.

4. 선물은 그 사람이 갖고 싶은 걸 줘라

평소에 아기자기한 선물(지나치게 귀여운 도시락, 수제 커플 목도리, 우리 이름을 새긴 은반지 등)을 주면서 남자가 크게 감동받을 거라는 바보 같은 기대는 접어두고, 한 번씩 남자가 진짜 큰돈 들여서 사고 싶은 것들을 선물(연인) or 허락(부부)해 주는 것이 좋다.

남자들에게는 돈 들여서 하고 있는 덕질이라는 것이 하나쯤은 있지 않는가. 카메라라든가, 자전거라든가. 그런 것들의 특징은 굳이 '수제'이지도 않고 '우리 관계와 관련 있는 기념적인 것'도 아니다. 선물할 때 그런 것에 의미 부여하지 마라. 선물은 받는 사람이 원하는 것을 주는 것이지 너의 만족감을 위한 것이 아니다.

이렇게 함으로써 우리는 남자가 자신은 이 여자에게 존중받고 있다고 생각하게 만들고, 남자가 바라지도 않고 알아주지도 않는 우리의 쓸데없는 희생을 미연에 방지할 수 있으며, 진짜로 남자가 갖고 싶은 것을 줄 수 있게 된다. 이것이 바로 내 남자가 원하는 애정 표현이다.

이 글을 읽고 이렇게 말하는 사람도 있을 것이다.

"맞벌이라면 집안일은 원래 같이 하는 거잖아요. 왜 칭찬을 하고, 일일이 시켜야 되는 거죠? 정말 짜증 나요."

완전 맞는 말이다. 그런데 정말 남자가 몰라서 그렇다. 집안꼴이 더러워져도 모르니까 어쩔 수가 없다. 이건 마치 여자인 내가 고급 세단차를 한 대 뽑아놓고, 세차는커녕 그 어떤 정비에도 관심이 없는 것과 마찬가지다.

정작 내 차인데도 한 번씩 계기판을 보면서 "오일을 갈아야겠네"라며 정비소에 가고, 너무 더럽다고 세차를 하고, 어디서 박고 오면 '저것을 어떻게 펴놓나' 하고 궁리를 하는 건 내가 아니라 남편이다. 하지만 남자들은 이것에 크게 불평하진 않는다. 그냥 남자 눈에는 보이고, 여자 눈에는 안 보이는 것뿐이니까. 이렇듯 서로 개개인의 '관심사'가 다름을 받아들이고 집안일을 '시키면 하도록' 훈련하는 것에 유념하도록 하자.

요점정리

① 비난하지 않기
② 사소한 것도 빼먹지 않고 칭찬하기
③ 요청할 땐 당연한 듯이
④ 선물은 '나 or 우리'에게 '의미 있는 것'이 아니라, '그 사람'이 '갖고 싶은 것' 하기

6교시

지 팔자
지가 꼬고 있는
여자들에게

너무 아픈 사랑은 사랑이 아니었음을

김광석 〈너무 아픈 사랑은 사랑이 아니었음을〉

01

헤어져라

"야, 그냥 헤어져."

나에게 연애 고민상담을 하는 친구들에게 난 늘 가차 없었다.

"헤어져. 답 없어. 노(No)답이라고!"

생각해보면 나의 결혼식 사진에서 내 뒤에 선 수많은 남자·여자 친구
들 중 이 말 한 번 안 들어본 이가 있을까 싶을 정도로 난 그 말을 무척 애

용해왔다(사진에서 신랑 측 맨 뒷줄도 나의 친구들이다. 사진을 못 찍은 친구들도 꽤 있었다는 건 자랑).

정작 난 왜 그 말을 별로 들어보지 못했을까 생각해보니 역시 나의 만 남과 헤어짐은 늘 전광석화였고 독보적으로 깔끔한 편이었다. 하지만 결혼 전 마지막 연애는 꽤나 길었는데, 그 긴 세월 동안 나에게 헤어지란 친구들 이 없었다는 것이 좀 서운할 지경이었다.

물론 두세 번 들은 적은 있지만 "헤어져"란 말은 그렇게 하는 것이 아니 다. 난 일단 친구의 애인이 맘에 안 들기 시작하면, 친구가 그 애인 때문에 하소연을 할 때마다 듣지도 않고 딱 잘라 말한다.

"헤어지랬잖아(어쩌라고. 난 이미 답을 말했잖니?)."

더 맘에 안 들면 그냥 나에게 말을 걸 때마다 말한다.

"아직 사귀냐? 언제 헤어져? 헤어지랬잖아."

나의 이런 지고지순함에 헤어지지 않은 커플은 없었다. 커플 브레이커 가 따로 없다. 아, 안 헤어지고 고집 피우는 친구들도 물론 있었지만, 그래 봤자 곧 남자가 바람나거나 남자한테 차여서 헤어지게 된다. 그래도 그런 헤어짐에 후회를 하는 친구는 없었고, 모두들 나 보란 듯이 더 멋진 연애 를 하고 있다.

내가 이토록 '20대의 헤어짐'을 신봉하는 이유는 분명 똥차가 가면 벤 츠가 오기 때문이다. 20대 중에서도 어릴수록 더욱 그렇다. 어릴수록 남자 보는 눈이 없기 때문에 바보같이 별 찌질이, 쭈꾸미, 오징어를 만나주고 있 을 가능성이 더 높으니까. 지금 하는 연애보다 그 다음 연애가 나은 것은

20대 초중반에게는 아주 당연한 일이다.

지금 연애가 너무 힘들어서 인터넷에 '연애 때문에 너무 힘듭니다'라는 글을 남기고 위로받고 싶은가? 그런 글을 쓸 정도면 헤어지는 것이 무조건 정답이다. 그런 글을 쓰고 싶단 생각이 든다면 다음 2가지 경우니까.

1. 이제 더 이상 친구들이 나의 하소연을 들어주지 않는다.
2. 익명의 친절한 사람들에게 위로받고 싶다.

헤어지기 싫어 글을 쓰는 것이기 때문에 그런 글을 쓴 사람들은 기어이 언젠가 차인다. 역시 그런 글을 쓸 정도면 결국 일찌감치 먼저 헤어지는 것이 정답이다.

"그래도 ○○만 빼면 괜찮은 사람이거든요. 오빠가 여기 댓글들 보고 많이 반성했구, 앞으로 더 잘해주겠다고 약속했어요^^ 많은 관심 주셔서 감사합니다. 예쁜 사랑할게요♡"

이딴 후기까지 인터넷에 싸지르지 말자.

분명 연애 중인데 웃는 날보다 우는 날이 더 많은가? 연애는 슬프라고 하는 것이 아니라, 행복하려고 하는 것이다. 찌질하게 비련의 여주인공 코스프레 그만해라. 발전 없는 도돌이표 같은 연애는 그만두고 얼른 다음 연애로 넘어가길 바란다.

인내와 노력은 다르다. 인내는 현재의 고통을 견뎌내는 것이고, 노력은 더 나은 미래를 위해 애쓰는 것이다. 쓸데없는 인내는 집어치우고, 더 나은 사람이 되도록 노력해서 더 행복한 사랑을 쟁취하자. 그대는 너무나 아름다운 젊음, 20대다.

02
사람은 고쳐 쓰는 것이 아니다

사람은 고쳐 쓸 수 없다. 그러니 헤어지라는 것이다. 연애 고민이 '남자의 고질적 문제' 때문일 수도 있고, '여자의 고질적 문제' 때문일 수도 있다. 나는 전직 커플 브레이커답게 둘 다 헤어지라고 얘기하는데 이 글에선 일단 전자의 경우에 대해 서술하겠다.

남자의 문제점

① 술을 필름이 끊길 때까지 마시고, 인사불성이 된다.

② 잔소리를 많이 한다.

③ 질투와 의심으로 날 속박하려 한다.

④ 난 스모커가 싫은데, 그 사람은 해비 스모커다.

⑤ 게임을 너무 좋아해서 게임할 땐 연락이 안 된다.

⑥ 약속시간을 안 지킨다.

⑦ 데이트를 PC방에서 하거나, 자취방에서만 한다.

⑧ 연락을 자주 안 한다.

⑨ 난 책 읽는 사람이 좋은데, 이 사람은 만화책조차 안 본다.

⑩ 각별한 이성 친구와 선을 넘는 듯해서 불만을 얘기하면, 내가 이상한 사람이 된다 등등등.

내가 보고 들은 하소연을 적자면 끝이 없다. 직접 들은 경우도 많고, 나의 불만이었던 것도 있고, 인터넷에서 사람들이 풀어놓은 고민들도 있다.

사실 나도 수능 이후 첫사랑을 아주 힘들게 끝내면서 사람을 바꿀 수 없다는 진리를 처절하게 깨달았다. 그래서 그때부턴 헤어짐이 아주 쉬웠다. 사람이 바뀌지 않는다는 걸 알기 때문에 머리에서 이성적으로 맘에 들지 않는 구석이 생기면 바로 헤어졌던 것이다.

그랬던 나도 마지막 연애에서만은 내가 그 사람을 바꿀 수 있을 거라 착각했다. 왜냐면 만나왔던 사람들과 달리 나와 너무 잘 맞고, 날 많이 사랑한다고 생각했다. 그리고 몇 번 그가 나의 지적에 태도를 달리한 적이 있었기 때문이었다. 하지만 그런 순간은 잠깐이었고 그 순간엔 자신이 차일까봐 잠시 바뀐 척한 것뿐이었다. 그 순간만 모면하면 남자는 다시 본성을 드러낸다.

보통 연애는 분명 갑(甲)과 을(乙)이 존재한다. 갑과 을이 존재하지 않는 이상적 연애를 해본 적은 딱 한 번 지금의 남편과 해본 퍼펙트한 연애였다. 하지만 그 이전엔 늘 갑과 을이 있었고, 또래 친구들의 연애도 대체로 그런 식이었다. 혹은 갑♡갑 연애(둘 다 잘나서 맨날 싸운다. 서로를 을이라고 생각한다)일 수도 있다.

Anyway, 싸웠다거나 헤어지자는 협박에 갑질하던 상대방이 잠시 을이 되어 행동을 바꿨다 한들 설설 기는 그 기간이 끝나고 나면 은근슬쩍 다시 갑이 되고 다시 예전의 만행을 저지르게 된다. 그럼 그 사람은 평생 그따위로 사는 걸까? 아니다. 그 사람의 그런 악행(갑질)은 고쳐질 수도 있다. 당신에게 차이고 나서 정신 차리면 그 다음 여자에게는 그러지 않을 수도 있다.

하지만 분명한 건 당신과 만나면서 바뀔 일은 절대 없다는 것이다. 왜냐고? 당신은 헤비 스모커가 싫지만, 그 사람과 헤어지지 않기 때문에 그 사람은 담배를 끊을 필요가 없다. 혹은 술 먹고 인사불성이 되어서 당신에게 폭력을 휘두른 사람이지만 그 다음날 모든 자존심을 버리고 빌면서 감언이설로 사과하면 당신은 또 못이기는 척 헤어지지 않고 다시 만나주기 때문에 그 사람은 또 그런 행동을 하게 된다. 당신은 '그래도 되는 사람'이 된다.

당신 애인이 잠시 을이 되어 '정말 날 이만큼 사랑하는 사람이 또 있을까' 싶을 정도로 빌고 잘해주니까 이긴 것 같은가? 아니다. 자신 같은 찌질이가 다른 여자를 꼬셔서 다시 연애를 시작하는 것은 어렵고, 불가능할 수도 있고, 자신의 행동을 정말 고쳐야 다른 여자를 만날 수 있다는 것을 알기 때문에 잠시 엎드리는 것뿐이다. 자신의 업그레이드가 귀찮고 힘들 것을 아니까.

다시 다른 여자를 꼬시는 것이 늘 재밌고 자신감 넘치는 남자(카사노바)는 당신에게 빌 필요가 없다. 하지만 대부분 그렇지 않기 때문에 당신에게 비는 것이다. 당신은 자신이 바뀌지 않아도 이미 사귀고 있는 여자니까, 만만하니까 붙잡는 것이다. 자신의 그런 연애 스펙에 당신만 한 여자를 다시 사귀는 건 어렵다는 것을 알기 때문이다. 당신 같은 스펙을 가졌음에도 불구하고 당신만큼 만만한 여자가 또 있을까 싶어서 붙잡는 것이다. 소중해서 붙잡는 것이 아니다. 소중하다면 애초에 갑질을 안 했겠지.

그렇기 때문에 정말로 당신에게 확실하게 차이지 않는 이상 바뀌지 않을 남자를 적당히 혼쭐을 내서 내 입맛대로 바꿔서 예쁜 사랑을 하겠다는 것 자체가 모순인 것이다.

나의 경우, 사귄지 3일 만에 연락 횟수가 10%로 줄어든 그 사람을 밀당으로 고칠 수 있을 줄 알고(어릴 땐 밀당이 만병통치인 줄 알았다) 이런저런 시도를 해봤지만 다 소용없는 일이었다. 그리고 그냥 "그래, 그 사람은 바쁘니까"라고 '이해'라는 이름의 '포기'를 하게 되었다. 여자에게 그런 '포기'가 쌓이다 보면 결국 이별이라는 종착역에 다다르게 된다.

> 본인이 좋아서 노력하는데도
> 자꾸 힘들다고 느껴지면 인연이 아닌 경우도 있습니다.
> 될 인연은 그렇게 몸부림치지 않아도 이루어져요.
> 자신을 너무 힘들게 하는 인연이라면 놓아주세요. - 혜민 스님

정말로 운명을 믿는가? 그렇다면 지금 당신을 힘들게 하는 그 사람은 당신의 운명이 아니다. 진정한 운명을 찾아나서길 바란다.

03
'똥차 가고 벤츠 온다'의 원뜻

'똥차 가고 벤츠 온다'는 말은 헤어진 여자들 위로할 때 잘 쓰인다. 하지만 이 말은 좀 추상적이고 구체적으로 얘기하자면, A의 최대 단점인 a 때문에 헤어졌더니 a를 최대 장점으로 가지는 B를 만나게 된다는 것이다.

간단히 예를 들면, A의 최대 단점은 패션센스(a)가 꽝이라는 점이었다. 그래서 헤어지고 나니 옷을 완전 잘 입는 B와 사랑에 빠지게 된다. 사실 내가 옷 잘 입는 것 때문에 B를 선택한 건 아닌데, 사귀고 나서 보니 B가 옷을 정말 잘 입는다는 걸 깨닫게 된다. 나도 모르게 자연스럽게 패션리더인 B에게 빠진 것이다.

진정 발전이 있는 연애라면, B는 A의 장점도 모두 갖고 있고 옷까지 잘 입는 남자인 것이다. 한마디로 애인이 업그레이드가 된다.

부모님이 반대해 헤어지고 나서 부모님이 좋아하는 이성과 사귀게 되었다. 마음은 편했지만 뭔가 설렘이 느껴지지 않아 결국 그냥 확 끌리는 남자와 사귀게 된다. 그런데 이놈은 철이 너무 없다. 그래서 또 헤어지고 나니 철이 든 남자가 눈에 들어와서 사귀게 된다. 근데 이 사람의 전체적 외형이 맘이 안 든다. 그래서 또 헤어지고 나서 잘생긴 남자도 만나본다. 하지만 다정하지 않다. 그래서 또 헤어지고 나서 마침내 다정한 남자와 사랑에 빠지게 된다.

이런 식으로 〈연애오답노트〉를 만들게 되는 것이다. 최종적으로 이 여자는 부모님 마음에도 들고, 설레고, 철도 들었고, 잘생기고, 다정한 남자를 만나게 된다. '이런 사람은 만나지 말아야지' 하면서 Step-by-Step으로 애인이 업그레이드가 되는 것이다. 나의 연애력 점수가 올라간다. 모태솔로의 특징 중 하나는 '연애오답노트(단점 위주)'가 없기 때문에 '이상형(장점 위주)'이라는 허상만을 쫓고 있다는 점이다.

여기서 또 중요한 점은 전남친의 장점을 현 애인도 갖고 있어야 업그레이드라고 말할 수 있다. 그게 아니면 그냥 다른 장점을 갖고 있는 다른 사람을 만나게 된 것뿐이다.

물론 연애와 이별을 몇 번이나 하면서 나 또한 성숙해지기에 가능한 일이다. 세상에 공짜는 없다. 앞의 예는 사실 내 얘기다. 나도 불같은 연애와 뼈아픈 헤어짐을 반복하면서 남자에게 집착하는 나를 계속해서 비워내며 나의 연애 단점들을 보완하였다.

그러다 똑똑하고 잘생긴 남자 친구를 만났을 때, 난 그 사람이 나의 최선이며 나의 해피엔딩(결혼 상대자)이라고 단정지었다. '다정하지 않다'는 것을 그렇게 치명적인 단점이라고 생각하지 않고, 그 사람의 스펙에만 집착했다. 다정하지 않은 남자와의 해피엔딩이라니 지금 생각해보니 엄청난 모순이다.

당시 내가 생각하는 나의 연애 최대 단점은 술을 너무 많이 마신다는 것이었다. 반면 그 사람은 술이란 걸 혐오했기에, 난 늘 다른 사람들과 술을 마실 수밖에 없었다. 몇 번이나 고치려고 했다. 그 사람은 이미 나의 애주를 이해(포기)하였지만, 나는 고치고 싶었다. 하지만 '나 또한 사람이고, 변하지 않는구나'라고 나 자신에게 매번 실망하게 될 뿐이었다.

그 사람과 헤어진 후에 마지막 사랑인 남편을 만나고 나서야 깨달았다. 그동안의 나의 폭음은 '다정하지 않은' 애인 때문에 온 외로운 자학이었구나. 나 좀 봐달라는 반항이었다. 애정 결핍 청소년의 비행 같은 거랄까.

남편을 만나고 나서는 술 먹는 횟수가 현저히 줄어들고, 어느 순간 이후론 폭음을 절대 하지 않게 되었다. 바뀐 나 자신을 보고 나니 나에게 '다정하지 않던' 그 사람도 다음 여자에겐 다정할 수 있고, 그 사람도 언젠가는 행복한 연애를 할 수도 있겠다는 생각이 들었다. 참 다행이란 생각이 들었고, 역시 이별하지 않는 이상 사람은 바뀌지 않는다는 진리를 얻게 됐다.

안되는 연애 붙잡고 애정 결핍 때문에 자학하거나, 상대방을 괴롭히지 마라. 하루 빨리 뼈아픈 이별을 겪으며 각자 성숙해진 자아를 갖고 행복해 죽을 것 같은 새로운 연애를 찾아 떠나야 한다.

연애를 거듭해도 발전이 없다면 남자 보는 눈이 없거나(《연애오답노트》를 무시함), 본인의 지나친 욕심(주제 파악을 못함) 때문일 수 있다.

04
재회하지 마라

20대 초반의 난 '사랑의 전도사'였고, 주로 썼던 대사는

"일단 사귀는 게 어때?"

20대 중반의 난 '이별 전도사(커플 브레이커)'였고, 주로 썼던 대사는

"아직도 안 헤어졌냐?"

20대 후반의 난 현재 중매 생활(별명-설중매)을 즐기며

'결혼 전도사'로 지내고 있다.

'남자는 바꿀 수 없으니 헤어져라'는 얘기는 사실 이미 내 또래(20대 후반) 사이에선 정설이 되어 언급조차 되지 않는 이야기다. 남편(30대 중반)은 그런 당연한 이야기를 뭘 그리 구구절절 적고 있냐고 했다. 본인도 예전엔 사람(전 여친)을 바꿀 수 있을 거라고 믿었으면서.

20대 초중반 후배들은 모르는 얘기니까 열심히 쓰는 거라고 했다. 그러

자 남편은 전 여친과 사귈 때 너 같은 친구가 하나 있었어야 했다며 아쉬워했다. 나야말로 내 친구 중에 나 같은 애가 있었으면 얼마나 좋았을까? 그럼 사람을 바꿀 수 있다는 헛된 희망을 빨리 버릴 수 있었을 텐데.

헤어진 사람과 다시 사귀지 마라. 나도 너도 발전 없는, 갑을이 엎치락뒤치락하는 감정 소모일 뿐이다. 여러 번 깨지면서도 다시 사귀는 커플들이 있다. 다시 사귈 때는 마치 '문제점'이 사라진 듯 굴지만, 사실 '문제점'은 사라지지 않는다. 그것이 내 단점이든 상대방의 단점이든 사라지지 않고 결국 다시 우리를 힘들게 할 뿐이다. 사람이 바뀌지 않기 때문에 결국 연애 양상도 바뀌지 않는다.

헤어짐을 겪어야만 배움이 있고, 연애 학력이 높아진다. 헤어짐을 다양한 사람과 겪어봐야 다양한 발전이 있기 마련이다. 새로운 사람과 새로운 설렘을 느껴보고 색다른 이유로 차거나 차일 그런 귀중한 시간을 아무 발전 없이 감정 소모만 하면서 헛되이 보내지 마라.

20대 초반에 이별을 겪는 여자들이 꼭 하는 말이 있다.
"나 이제 다신 남자 안 만나. 절대!"

비련의 여주인공이 따로 없다. 개가 똥을 끊는다고 전해라. 이렇게 비웃어주는 것도 귀찮을 정도로 많이 들었다. 저런 얘기도 20대 초반에 한두 번 하고 그 다음엔 쪽팔려서 안 한다.

20대 중반에 이별한 여자들이 하는 말은

"더 좋은 사람 못 만나면 어떡해?"

내가 이 질문을 20대 중반에 엄청나게 들었다. 하지만 20대 중반이 지나서는 또 저런 질문을 하지 않는다는 건 친구들이 그 질문이 얼마나 어리석은 건지를 깨달았기 때문이다.

내가 30대 언니들에게 "헤어지세요"라고 쉽게 말할 수 없는 건, 실제로 그 언니들의 연상 중엔 지금 애인보다 더 좋은 남자들은 결혼하고 없을 확률이 굉장히 높기 때문이다(연하킬러라면 괜찮다).

하지만 아직 20대인 그대는 지금 만나는 사람이 최선일지도 모른다는 황홀감(공포감)에 휩싸여 있지 않아도 된다. 왜냐하면 그대는 아직 남자에 대해 모르는 것이 너무 많기 때문에 지금 애인이 찌질이인데도 전혀 눈치 채지 못한 채 억지로 그 남자에게 자신을 맞춰주며 사랑받기 위해 애쓰고 있을 확률이 높기 때문이다.

그러지 말고 과감히 헤어져라. 그 사람과는 100번 다시 사귀어도 100번 같은 이유로 헤어진다. 헤어진 이유가 군대처럼 불가항력적 물리적인 멀어짐(Out of Sight, Out of Mind)이 아니고서는 재회해선 안 된다. 이건 제대로만 하면 아무 문제가 없는 케이스이기에 재회가 가능하다. 이처럼 상황은 바뀔 수 있지만, 사람은 바꿀 수 없으므로(헤어지고 다른 사람을 만날 때만 바뀔 수 있다) 어리석은 재회는 그만두고 새로운 사랑(모험=배움=수련)을 찾아 떠나길 바란다.

이번 사랑이 끝남을 받아들이고, 자신을 업그레이드시켜서 업그레이드된 애인을 만나라. 지나간 사랑을 더 이상 진흙탕으로 만들지 말고 아름다운 추억일 때 그만두길.

05
자존감 도둑,
가격 후려치기

가격 후려치기. 아마 생소한 표현일지도 모른다. 아니면 들어본 적은 있어도, 이게 중고나라에서나 쓰이지 연애에 쓰이는 말인가 싶은 표현이다. 연애에서 가격 후려치기는 3가지 유형이 있다.

1. 너의 가치를 깎는다.

2. 전 여친, 남의 여친에게 후한 점수를 준다.

3. 고마워 할 줄 모른다.

1. 너의 가치를 깎는다.

이런 말은 많이 들어봤으리라.

"여자 나이는 크리스마스 케이크야. 20일부터 잘 팔리다가 25일까지가 피크지. 26살 되면? 다 끝이지 뭐. 안 팔려."

이런 식으로 26살 이상 여자들의 가치를 떨어뜨린다거나, 25살 하반기가 된 여자에게 위협을 가하는 것이다. 왜? 이런 말들로 위협하는 경우는 다음과 같은 의미가 내포되어 있다.

"나니까 너 만나주는 거야. 누가 널 만나주겠냐? 그러니까 잘해(or 그러니까 나랑 사귀자)."

아예 대놓고 이렇게 말하는 경우도 있을 거다. 하지만 대놓고 말 안 해도 비슷한 이런저런 말들로 너의 가치를 낮출 수 있다. 고맙게 생각하고 잘하라는 식(or 나랑 사귀자)으로 유도하기 위해서.

아이러니하게도 이런 대사는 30대 남자들이 주로 쓴다. 자신(남자)의 나이는 아무것도 아니고 너(여자)의 나이 많음을 부각시키는 것이다. 정말 찌질해 보이지만 의외로 이렇게 사귀는 나이 차 많이 나는 커플들이 꽤 있다. 그래서 말하는데 특히 20대 초반엔 웬만해선 30대 만나지 마라. 아래 글은 내가 상담했던 내용 중 일부를 발췌한 것이다.

20대 초반 여인들에게 고합니다.

제발 30대 만나지 마세요.
30대 남자가 20~22살 여자를 만난다?
웬만해선 정상이 아닙니다. 하자가 있어요.
그 남자 눈에 당신은 그냥 귀엽고 만만하고 너무나 쉬운 상대일뿐입니다.
정작 자기가 만나고 싶고 말 잘 통하는 결혼적령기의 20대 후반 여성들을 꼬시려면 너무나 많은 노력이 필요합니다.
하지만 당신을 꼬시는 건 정말 그 노력의 반의 반만 해도 되지요.
20대 후반 여자들은 따지는 것도 많고 아는 것도 많아서요.
한마디로 남자 보는 눈이 있으니까 지 같은 놈 안 만나줘요.
그 여자들 만나서 결혼하고 싶은데

비싼 레스토랑도 가야 되고, 직업도 학벌도 좋아야 되고,
차도 크고 좋은 거 타야 되고. 여러 가지로 딸리겠죠.
하지만 20대 초반 여자 꼬시는 거? 정말 쉬워요.
그냥 웬만한 차 한 번만 태워줘도 눈이 휘둥그레지지 않을까요?
패밀리 레스토랑 한 번 데려가줘도 우쭐해질 나이잖아요.

30대 남자가 20대 초반 여자를 만나려는 이유가 단순히 젊은 여자가 좋아서가 아니다. 사실 말도 잘 안 통해서 재미없는데다가 결혼해줄 확률도 낮은 20대 초반 여자를 꼬시는 것은 의외로 결혼 적령기인 20대 후반보다 훨~씬 꼬시기 쉬워서일 뿐이다. 그렇게 꼬셔서 운 좋게 임신시켜 결혼하는 케이스들이 꽤 있다. 어리고 순진한 여자애들 가격 후려쳐가면서 결혼하려는 찌질이들이다. 우쭐해하면서 넘어가지 마라. 그런 남자들은 어린 여자 모셔가면서 잘해주기는커녕 임신시키는 바람에 큰소리 떵떵 쳐가며 결혼한다.

그 외에도 '외모 까기'가 아주 전형적이다. 살이 쪘다느니, 피부가 안 좋아졌다느니. 기분 나쁜 티를 내도 멈추지 않고 '인신 공격'을 한다. '애인'이라는 사람이. 혹시나 잘생긴 놈이라도 참지 말고 헤어져라. 잘생겨도 그딴 헛소리 안 하는 정상적인 남자를 만나야 된다.

2. 전 여친, 남의 여친에게 후한 점수를 준다.

이런 식으로 말할 수도 있다.

"예전에 진짜 한가인 같은 선배가 있었거든? 그 선배가 나 좋아해서 사

귀었었어. 6단 도시락도 받아봤었지. 사귈 땐 몰랐는데 그 선배 나름 유명했더라고."

이것은 단순한 자랑이 아니라 그런 엄청난 여자의 사랑을 받았던 남자가 '너를 만나준다'는 것을 표현함으로써 마찬가지로 "그러니까 잘해~"라는 뜻이다. 자신을 높이면서 여자의 가치를 상대적으로 떨어뜨리기 위함이다. 이런 식으로 엄청나게 예뻤거나 재능이 있는 전 여친에 대해 말할 수도 있고, 연상의 여자에겐 그냥 어린 여자 만났단 얘기 자체가 그런 의미를 지닐 수 있다.

다른 예로는, 이 땅에 많고 많은 A컵 애인에게 지나가는 여자나 남의 여친이 C컵인 얘기를 아무렇지 않게 반복적으로 할 수 있다. '세상에 널리고 널린 게 C컵인데'라는 식으로 주변을 높임으로써 당신의 기를 죽이려 할 것이다. 혹은 자기는 50kg가 넘는 여자를 만나본 적 없다는 엿 같은 얘기를 할 수도 있다.

이런 말을 하는 인간이 몸짱이면 몰라도 아닌 경우가 대다수다. 설령 몸짱일지라도 헤어져라. 몸짱이라고 그딴 뻘소리를 할 수 있다는 법은 없다. 그런 뻘소리를 할 거면 그 잘빠진 여자들이랑 사귀지, 왜 너랑 사귀는 건데? 지도 그 여자들 꼬실 자신감 없는 찌질이라는 얘기다. 찌질이가 너의 자존감을 깎도록 놔두지 마라.

3. 고마워할 줄 모른다.

당신이 3단 도시락을 싸줘도 시큰둥할 수 있다. 이런 건 시시하다는 식으로. 사실 그냥 파는 거 사다 줘도 상관없을 '발렌타인 초콜릿'을 직접 수제로 만들어준들 그다지 고마워하지도 않는다. 그게 눈에 뻔히 보인다. 단순히 사랑이 식은 것일 수도 있겠다만, 승부욕이나 정복욕이 높은 여자에게도 쓰일 수 있는 방법이다.

가격 후려치기를 당하는 여자에게 심심한 위로의 말을 건네자면, 남자가 이런 짓을 하는 이유는 당신이 인기가 많아서일 수 있다. 당신이 인기가 많거나 혹은 다른 사람들이 보기에 "여자가 좀 아깝지 않아?" 싶은 경우일 것이다.

여러 남자들에게 '갑인 당신'을 기죽여서 자기 걸로 만들거나, 당신을 편하게 다루기 위해 마치 당신이 을인 것처럼 대하는 것이다. 아니면 진짜지 잘난 맛에 사는 밥맛없는 인간일 수도 있다.

연애를 아직 많이 안 해본 20대 여성이 자신의 '연애 상대로서의 가치'가 어느 정도인지 눈치채지 못할 때 가격 후려치기가 훅~ 들어오면 '그런 건가? 그런가 보다' 싶다. 반대로 인기가 많아서 이미 잘난 맛에 살던 여자라도 '감히 날? 이런 남자 처음이야'라며 나쁜 남자의 매력이니 뭐니 헛소리를 해대며 빠질 수 있다.

가격 후려치기를 시전하는 놈에겐 똑같이 말해주자. 가령 남자가 가슴 얘기를 하면 당신도 가슴 얘기를 하면 된다.

남: 가슴 너무 납작한 거 아니야?

212

여: 네 가슴도 완전 납작하거든? 운동 좀 해라. 난 뭐, 살 찌울까?

남: 너 다리 진짜 굵다.

여: 네 허벅지는 이게 뭐냐. 남자는 허벅지 아니야? 근육이라곤 하나 없고.

그런데 이런 식으로 작업 거는 놈이나, 여친의 고마움을 모르는 놈과는 사귈 필요가 없다. 계속 똑같이 맞장구치지 마라. 똑같은 년 된다.

얼~른 헤어지고, 20대 여자들은 반대 유형의 남자를 찾아야 된다. 너의 자존감을 해치는 남자와 허송세월을 보냈다가는 눈 깜짝할 새 멘탈이 너덜너덜 걸레가 될 것이다. 무시받는 게 익숙해지면 나중에 시집살이당하고 살아도 당하는지도 모르고 살아가게 될 것이다. 끓는 냄비 속 개구리처럼 눈 뜨고 당해도 모르는 것이다. 그러니 그런 남자와의 연애를 지속함은 금이야 옥이야 너를 키워준 부모님을 능멸하는 행위다.

너의 소중함을 알아주는 남자와 서로 존중해주며 아름다운 연애를 하길 바란다. 그런 남자는 다음과 같다.

Good guy		Bad guy
너도 몰랐던 너의 장점을 찾아준다.		너의 가치를 깎는다.
너 빼고 다른 여자들은 그냥 다 똥이다.	←→	전 여친, 남의 여친에게 후한 점수를 준다.
맛없는 도시락에도 감동의 눈물을 흘릴 준비가 되어 있다.		고마워할 줄 모른다.

20대 여성들이여, 가장 아름다운 시절을 자신의 가치도 몰라주는 남자 따위에게 낭비하지 않길 바란다. 너~무 아깝다! 상대방이 나를 예뻐해야 나도 진심으로 자존심 저울질(밀땅) 따위 없이 솔직하게 그 남자에게 애정 표현할 수 있다.

남자가 내 가치를 후려치고 있는데 나 혼자 "오빠 정말 잘생겼어. 못하는 것도 없고 완벽한 내 이상형이야!"라고 말할 수 있는가?(그러고 있다고? 정신 차려요 좀! 짝사랑이여?) 서로 솔직하게 애정 표현할 수 있어야 사랑하는 마음이 지속적으로 성장할 수 있다. 사랑하는 여자를 존중할 줄 모르고 을로 만들고 싶어 하는 놈과의 연애를 더 이상 지속하지 마시길.

06
200일의 법칙
especially for 자취녀

연애를 많이 하겠다고 결심한 고3 그해 겨울, 그저 반짝이던 그 나이. 수능이 끝난 난 매일같이 헬스장에 갔고 트레이너가 "일주일에 하루는 안 오는게 좋아요"라고 해서 일주일에 6번을 헬스장에 갔다. 잘생긴 트레이너 와 러닝머신의 존재는 다이어트의 진리다.

그렇게 고3의 무게를 쭉쭉 덜어낸 나는 지천에 깔린 남자들을 사귀기 시작했다. 전혀 어려운 일이 아니었다. 어차피 결혼할 것도 아니니, 묻고 따 질 것도 없이 느낌만 오면 사귀고 100일도 안되는 연애를 하고 헤어졌다. 물론 차인 적도 있었다. 헤어짐이 많이 아플 때도 있었고, 별거 아닐 때도 있었다. 생각해보면 정말 귀중한 경험들이었다.

하지만 그 당시엔 또 다른 것이 좋아 보였다. 바로 장기 연애 커플! 사귄 기간이 일(日) 단위가 아닌 연(年) 단위인 커플. 친구 같은 안정감이 있고 다정한 모습이 무척 어른스러워 보였다. 그리곤 결심했다. 이번에 사귀는 남자는 꼭! 200일을 넘겨보겠다고. 200일을 넘겨본 적이 없으니까. 단순한 목표 설정이었다.

200일만 넘기면 헤어지든가 하자고 생각했다. 그 결심을 한 후 엮어걸린 사람이 이게 웬걸? 사귀기 전 구애는 그 누구보다 열정적이던 사람이 사귄 지 3일 만에 나에게 전혀 관심을 보이지 않았다.

200일. 그 결심만 아니었다면 일주일 만에 헤어졌을 것이다. 정말이지 말도 안 되는 그 상황에도 불구하고 '200일까지만 있어 보자'라는 오기로 버텼다. 그러나 불행하게도 어째선지 사귄지 딱 100일째 되던 날, 나는 드디어 그 사람이 남자로 보이기 시작했다. 갑자기 두근거리기 시작한 것이었다. 스톡홀름 증후군(자신보다 더 큰 힘을 가진 가해자에게 심리적으로 공감하거나 연민과 같은 긍정적인 감정을 느끼는 현상)이라도 되는 걸까?

그때부턴 정말 힘든 연애가 되었다. 거의 나의 짝사랑이나 다름없는 연애였다. 열렬한 구애를 받아 사귄 사이인데. 그 상태로 200일이 되자 헤어지는 건 더욱 무리였다. 아직도 후회가 되는 순간이다. 200일이 되기 전에 헤어졌어야 하는 건데. 200일을 넘긴 커플은 보통 2년은 쉽게 훌쩍 넘기게 된다. 200일이면 반년이고, 한 학기를 넘길 시간이다. 헤어지지 못하는 이유가 아주 다양해진다.

보통은 이미 퍼져버린 '소문'을 핑계 삼아 못 헤어지는데, 길어질수록 더 많은 소문을 양산하고 결국 언젠간 헤어질 뿐이니 정신 차리시길. 나는 '소문'은 전혀 신경 쓰지 않았지만, 타지에서 공대생으로 지내며 '여자 친구가 전혀 없다'는 사실이 가장 힘들었다. 나는 친구 만나기를 정말 정말 좋아하는 사람인데.

CC였으며 그 사람의 친구들과 완전 둘도 없는 베프가 되어버린 나는 '친구'를 잃기 싫어서 관계를 유지했다. 지금 생각해도 그때의 나는 너무 불쌍했다. 세상에, 친구가 없어서 못 헤어지다니!

어쩌됐든 인연은 아니었던 것이다. 사귄지 일주일쯤 됐을 때 헤어졌더라면, 그 사람의 친구들을 만나지도 않았을 테고 무슨 수를 써서라도 다른 친구들을 만났을 텐데 아쉽다. 그래도 그 친구들과 죽이 너무 잘 맞아서 함께일 때 즐거웠던 건 사실이다. 애인은 별로였지만.

그렇게 힘든 n년이 지나서야 나는 '사람은 고쳐 쓰는 것이 아니다'라는 24K급 교훈을 다시금 깨닫고 3번째 헤어짐을 마지막으로 그 관계를 끝냈다. 졸업 후 취직하고 나니 월급 덕에 전국 각지의 친구들을 만나는 것이 가능해져 더 이상 불가능한 이별이 아니었다.

2번째 헤어졌을 땐 몰랐는데, 3번째 헤어질 때서야 세 번 다 같은 이유로 헤어졌다는 것을 깨달았다. 그러므로 가슴이 아니라 머리에서 '이 사람은 아니다' 싶으면 무조건, 특히나 무조건 200일 전에 헤어지기를 권고한다.

200일, 즉 6개월을 넘기면 그 상황이 좋든 힘들든 너무나 익숙해져서 그 '생활의 틀'을 깨기가 힘들다. 공대생이었던 나는 여자 친구가 없어서 200일이 지나고 나니 헤어지기 곤란한 지경에 이르렀는데, 다른 예로 자취녀들도 200일을 넘기면 가족과 가까이 있는 여자들에 비해 훨씬 헤어짐을 힘들어한다. 가족들을 자주 못 만나는 자취녀들은 친구로는 채울 수 없는 그 외로움이 두려워 애인과 헤어져도 자꾸만 쉽게 재회하는 경향이 있다. 가족과 가까이 있는 여자들에 비해 이별을 선택하는 것을 매우 두려워한다.

그러므로 자취녀들은 남들보다 200일을 넘기는 연애에 좀 더 주의해야 할 필요가 있다. 머리에서 아니라고 할 때는 다른 사람들보다 더 과감해져야 한다. 200일을 넘기면, 상대방을 적어도 2년은 더 볼 각오를 해야만 한다. 그 2년이 나에게 도움이 될지 후회로 남을지는 역시 가슴이 아닌 머리로 생각해보길 바란다.

07

장기 연애(≥200일)해 본
남자의 장점

200일 전에 헤어지라는 단호한 글을 쓰고 나니 자동적으로 이어 쓰고 싶은 글이 있다. 200일을 넘겨 본, 그러니까 장기 연애를 해본 남자의 장점에 대해서.

1. 남자가 관계에 대한 '인내심'과 '책임감'이 있다.

2. 여자가 긴 시간 동안 인내할 정도의 '매력' 혹은 여자가 긴 시간 동안 함께할 수 있을 만큼의 '배려심'이 있다.

사실 남자는 여자에게 웬만해선 이별을 고하지 않는다. 여자가 자신을 차게끔 만들지. 그러므로 긴 시간 동안 이별을 고하지 않는다고 해서 좋은 남자라고 할 수는 없다. 하지만 그 긴 시간 동안 여자가 이별을 고하게끔 상황을 만들지 않았다면 좋은 남자일 수도 있다는 거지.

3. 장기 연애를 할 때 일어나는 일들에 대해 이미 잘 알고 있다.

장기 연애에 대한 쓸데없는 환상이 없고, 장기 연애 중 일어나는 감정 변화나 상황 변화에 당황하지 않고 여성을 잘 리드해 줄 것이다.

4. 여자에 대해 많은 것을 알고 있기에 가르칠 것이 훨씬 줄어든다.

여성에 대한 매너, 해서는 안 되는 말, 여자가 싫어하는 행동 등 많은 것들을 싸워가며 교육시켜 줬을 전 여친들에게 감사하자. 우리는 전 여친 덕분에 성교육에 대해서도 한시름 놓을 수 있다. 야동만 봐서는 절대 알 수 없는 성교육, 예를 들면 생리에 대한 남자들의 무지함은 상상 초월인 경우가 종종 있다.

① 한 달에 한 번 한다니까 한 달에 하루만 하는 줄 안다.

② 생리대 소, 중, 대는 여자 사이즈 44, 55, 66이 착용하는 줄 안다.

③ 출혈을 소변처럼 참을 수 있는 줄 안다.

갑작스런 생리에 생리대를 사 와 달라고 했더니, '생리대+진통제+초콜릿'을 사다 준 남자와 결혼을 결심하게 됐다는 어느 여인의 이야기. 전 여친의 피 같은 가르침이 아니고서는 도저히 일어날 수 없는 기적이다.

5. 힘든 이별을 겪어본 이 남자는 한층 더 성숙해질 기회를 가졌던 남자다.

이 얼마나 사랑스러운가? 장기 연애를 해본 남자는 정말 좋은 남자일 가능성이 높다. 그런 남자는 솔로가 됐을 때 금방 새 여자가 생길 가능성이 매우 높으니, 내가 얼른 그 '새 여자'가 되어야 한다.

소개팅을 자주 해주는 나는 그런 남자를 '급매물'이라고 부른다. 그런 급매물을 다른 여자들보다 발 빠르게 GET하기 위해서는 내가 먼저 좋은 여자, 좋은 사람이 되어 있어야 한다. 기회는 준비된 자에게만 기적이 되어 준다. 나 또한 다양한 연애 경험이 있어야 하고, 남자의 내면을 볼 수 있어야 하며, 남자의 과거를 감사하게 받아들이는 지혜가 필요하다.

08
연애의 끝은 머리를 따르라

첫 번째 남자랑 헤어진 것은 '아, 이 사람은 영원히 책을 읽지 않겠구나' 하고 깨달았을 때다. 그렇게 '머리'로 깨닫고 나면 그 즉시 실행에 옮긴다.

"헤어지자."

그러고 나서 꼬박 한 달을 매일 울었다. 너무나 보고 싶었지만, 만나봤자 내가 더 힘들어진다는 사실을 알고 있었으니까 실행에 옮기지 않았다. 하지만 나는 그렇게 아파하며 흘러가는 나의 시간과 젊음이 아까웠다.

'사람은 사람으로 잊는다'는 단연 가장 효과적인 실연 스킬이다. 보고 싶은 마음을 얼른 없애버리고 싶었던 나는 나 좋다고 따라다니는 남자랑 사귀게 됐고, 그러자 거짓말처럼 바로 옛사람을 잊게 됐다. 하지만 여기서 나는 또 하나의 '사실'을 깨닫는다. '나는 외모가 마음에 들지 않으면 결국 마음이 동하지 않는구나'를 깨닫고 또 그 즉시 다른 남자로 갈아탔다.

그 다음 남자는 애초에 유학이 예정되어 있었고, 사귀기 전부터 '얘는 철이 없어. 결혼 상대로는 절대 안 돼'라는 마음이 있었다. 그래서 담배를 피는 걸 알면서도 사귀었었다. 그러다 얼마 안되서 그 애가 유학 가기 전에 차였었다. 애초에 나 또한 '사귀고 싶다'는 레벨의 애정이었기 때문에 괜찮았다. 술을 엄청 퍼먹긴 했지만, 그렇다고 해서 다시 사귀고 싶다는 생각은 눈곱만큼도 없었다.

그 뒤 바로 만난 남자는 '아주 철든 남자'였지만, 감성코드가 올드하고 나와는 맞지 않아서 모든 것이 허세로 보였다. 내가 가지 말라던 해병대에 기어이 들어가더니, 1인칭 대명사가 '해병'으로 바뀌어서 "해병은 ~한다"로 말하는 허세에 질려버렸다. 결국 군 생활 100일 만에 나는 또 다른 남자로 갈아탔다.

이것이 모두 대학교 1학년, 1년 만에 일어난 일이다(시험기간마다 깨진 것 같다). 이 1년 동안 네 번의 이별을 하면서 나는 정말 많은 것을 배웠다. 한 번의 이별에 1개 이상의 교훈을 얻었다.

① 사람은 변하지 않는다.

② 결국 나에게 외모 취향은 너무나 중요하다.

③ 철 안든 남자, 사귀어보니까 shit.

④ 감성코드가 맞아야 된다.

이것이 1년 만에 얻은 교훈이라면, 그 다음 남자랑 n년 동안 세 번 헤어지고 나서 내가 얻은 교훈은

1. '머리'가 아니라고 할 때 즉시 헤어져야 한다.

200일을 넘기면 진짜 ㅅㅂ 끝장이다. 특히 CC라면 절대 200일 넘기는 것을 쉽게 생각하지 말길 바란다. 치명적인 단점이 보이면 200일 전에 헤어져라. Campus Couple이든, Company Couple이든 말이다.

2. 엿 같은 상황이 현실적으로 바뀔 계획이 없으면 헤어져야 한다.

인연이라면 '상황'이 좋아졌을 때 남자가 다시 찾아온다.

3. 사람은 절대로 절대로 절대로 변하지 않는다.

괜히 한번 200일 넘겨 보겠다고 개기다 n년을 날린 기억은 정말 천추의 한이다. 첫 1년 동안 얻은 교훈이 4개인데, 그 뒤 n년 동안 얻은 교훈이 고작 3개라니. 나는 얼마나 긴 세월을 허비한 것인가. 물론 n년을 날리면서 얻은 교훈들이라 그 무게는 아주 무겁다. 그렇기에 나는 지금 확신을 가지고 말할 수 있는 것이다.

힘들면 헤어지라고 말이다. 자신 있게 말할 수 있다. '연애'는 '결혼'이 아니다.

힘들어 죽겠고,
이 상황이 좋아질 것 같지 않으면
이 사람이 바뀔 일은 없으니
헤어지면 된다.

검은 머리 파뿌리 되도록 의리 지키지 마라. 의리는 결혼하고 나서 제발 좀 지키자. 분명히 더 좋은 '사람'과 더 좋은 '상황'을 즐길 수 있다. 당신은 20대니까. 그렇게 되는 것이 당연하다. 평생의 의리를 바칠 만한 남자를 찾아라.

지금까지 내가 적은 이 '사실'들을 인지하라.

아무리 가슴이, 마음이 그 사람을 다시 찾는다고 해도

'머리'를 따라 가라.

연애의 시작은 '가슴'을 따르고, 연애의 끝은 '머리'를 따르라. 그러면 쉽다.

09
사람은 사람으로 잊는다

실연의 고통을 가장 빨리 끝내는 방법은

다른 남자를 만나는 것이다.

굳이 사귀지 않아도 된다.

굳이 좋아하지 않아도 된다.

클럽이나 소개팅으로 알게 된 남자와

가벼운 마음으로 카톡을 주고받는 것만으로도

실연의 고통은 눈 녹듯이 사라진다.

내가 내 폰을 들여다 볼 이유가

그놈이 아니라

다른 남자가 된다면

실연의 고통은 반 이상 줄어든다.

10

결국 끼리끼리 만난다

나는 공대를 나와 남초 회사에 다니는 덕에 남자 인맥이 넓어 소개팅을 많이 해주는 편이다. 내 결혼식에 온 여고 동창들이 "얘는 남고를 나왔나?" 했을 정도. 공대 다니는 여자 친구와 친하게 지내라. 나중에 너의 은인이 될지니! 여튼 나의 소개팅으로 지금까지 총 7커플이 결혼을 했고, 그들을 보면 더욱 그런 생각이 분명하게 든다. 끼리끼리 만난다.

지금 혹시 별 거지 같은 남자를 만나서 맘고생하고 있는가?

'연애 중'인데도 행복하지 않은가?

이 남자가 성공하고 나면 날 버릴 것 같나?

이 남자가 제대하고 나면 날 버릴 것 같나?

헤어져라.

쓰레기는 쓰레기통에 담는 것이다. 쓰레기통이 되지 마라. "복수해줄 거야!" 하면서 밀당이랍시고 지랄 떨면서 진흙탕에 같이 뒹굴지 말란 얘기다. 맘고생하지 말고 깨끗하게 헤어진 후, 너도 성공을 해서 이미 성공했거나 이미 제대한 남자를 만나라.

그게 '발전'이다. "나는 왜 발전 없는 연애를 하고 있을까요?"란 질문은 "왜 똥차가 갔는데도 계속 똥차만 올까요?"란 뜻이다. 네가 아직 사람 볼 줄 모르는 '똥'이니까. 모든 문제는 '나'에게 있는 것이다. 나부터 좋은 여자(예쁘고 똑똑하고 착한)가 되서 좋은 남자를 만나자. 혹시 소개팅에 나오는 남자들이 다~ 맘에 안 드는가? 어쩌겠는가? 그게 네 수준인데. 주변인들도 눈이 있다.

그리고 '평강공주 콤플렉스'에서 벗어나야 한다. 어중이떠중이끼리 만나게 냅두자. 바보 온달은 다른 바보 공주가 주워 가게 냅둬라. 괜히 주워서 흙먼지 털고, 닦고 빨고 하지 마라. 먼지 먹는다.

나부터 '발전하는 사람'이 되서 '발전하는 남자'를 만나자. '발전시켜 줘야 되는 남자' 만나지 마라. 걔네 엄마도 못한 걸, 네가 할 수 있을 것 같은가? 대~단한 착각이다. 사람은 스스로 변해야 된다.

스스로 발전 의지를 가진 수용성 있는 남자에게 "You make me want to be a better man"이란 말을 들을 수 있도록 나부터 더 '간지 나는 사람'이 되자.

예뻐지고, 똑똑해지고, 상냥해져라.

Be a Better Girl.

결국엔 끼리끼리 만나니까.

11

만나면 잘해주는 남자와의 불안한 연애

만나면 좋고, 만나면 잘해주는 남자가 있다. 그런데 떨어져서 나 혼자 있으면 불안하다. 왜 그럴까? 이 남자의 사랑에 확신이 없기 때문이다. "만나면 잘해줘요"라고 말하면서도 지금 연애가 마음에 안 드니까 상담하는 거 아닌가? 만나서 좋고 잘해주면 됐지, 뭐가 더 필요해서 상담하는 것인가?

연애 중이지만 혼자 있을 때는 마음이 불편하고, 불안하기 때문이다. 나의 경우엔 애인이 있는데도 다른 '커플'을 나 혼자 만나는 것이 너무 싫었다. 나는 그것이 그냥 '내 성격' 때문인 줄 알았다. 도무지 혼자서는 다른 '커플'을 보고 싶지 않았고 짜증이 났다. 길에서 들러붙어 있는 커플을 보면 욕이 절로 나왔다.

지금 생각해보면 그것은 '질투'였다. 내가 애인이 있는데도, 다른 커플이 질투가 나는 것이다. 내 스스로가 '내가 사랑받고 있다'는 확신이 없으니 다른 커플을 나 혼자서 만날 자신이 없었던 거였다.

애인이 '만나면 잘해주는 사람'인 경우 커플 대 커플로 만나는 것은 당당할 수도 있다. 하지만 나 혼자 있을 때는 외롭고, 불안하고, 당당하지 못한 연애라면 스스로 사랑받는다는 확신이 없기 때문에 혼자 다른 커플을 만나면 짜증이 나는 것이다. 다른 여자의 행복한 모습을 보면 배알이 꼴리는 것이다.

당신이 다른 커플의 행복한 모습을 보면서 기분이 우울해진다면, 결국 지금 연애가 마음에 들지 않는 것이다. 진심으로 다른 커플의 행복한 모습을 보면서 같이 기분이 좋아지려면 내가 먼저 '행복한 연애'를 하고 있어야 한다.

"제대로 된 사람을 만났다는 분명한 증거는 함께 있을 때 변해가는 내 모습이 자신의 마음에 드는 것입니다"(by 곽정은)라는 명언을 들었다. 남들을 질투하고 있는 치졸한 '자신의 모습'이 싫다면, 지금 하고 있는 연애는 좋은 연애가 아니라는 얘기다. 그렇다면 '혼자 있어도 행복한 연애', '혼자 있는 내 모습도 좋은 연애'를 하려면 어떻게 해야 될까?

1. 나를 불안하게 만드는 남자는 만나지 마라.

① 가격 후려치기 하는 놈

② 연락 안 되는 놈

③ 미래 계획에 내가 없는 놈

2. 자신을 사랑하라.

① 거울을 볼 때마다 예뻐지는 나를 찬양하라.

② 쌓여 가는 책을 보며 뿌듯해하라.

③ 여유 있는 마음으로 상대를 배려하는 나의 우아함에 만족하라.

여기서 책 하나 추천한다. 한상복 작가님의 《지금 외롭다면 잘되고 있는 것이다》는 '외로움'을 부정적인 단어가 아닌 긍정적인 단어로 생각할 수 있게 해주는 책이다. 혼자 있음이 너무 외롭고 괴로운 것이 애인의 모자람이 아닌, 나의 모자람 때문에 오는 것일 수도 있으니 이 책을 추천해본다.

진정 행복한 연애는 나 혼자 가만히 있어도 행복한 기분이 드는 연애다. 너에게 애정 결핍을 주는 연애는 잘못된 것이다. '애정 결핍을 주는 연애'라니 이 얼마나 모순인가? 헤어지고 나서 나의 자존감을 다시 일으켜 세운 후, 새로운 모험을 시작해보길 바란다.

12

육식형 바람 VS 초식형 바람

누군가 바람둥이의 심리는 뭐냐고 물어봤다. 그것은 극도의 자만심에서 오는 행동이다. 'Just a Ten Minute'처럼 딱 10분만 주면 모든 여자를 꼬실 수 있다는 자만심. 친한 친구 중 하나가 '카사(카사노바)'라고 불린다. 솔직히 '내가 남자로 다시 태어나면 꼭 저렇게 살아보리라' 생각했던 친구다.

그렇게 생각하는 나의 심리는 뭘까? '이성을 꼬시는 건 재밌어'란 심리가 깔려 있다. 그리고 좀 더 그 친구에게 감정 이입을 하자면 대략 이렇다.

'일단 남들보다는 훨씬 쉽게 이성을 꼬시는 것 같고, 꼬시는 과정도 재밌어. 얘를 꼬시면서 배운 것을 쟤한테 써먹어도 먹히네. 쟤도 꼬실 수 있을까 했는데, 이게 또 되네? 얘도 되네? 절대 못 꼬실 것 같기도 한데, 또 되네? 더 어린 여자는 어떨까?'

끝없이 호기심을 충족시킨다. 예쁘고 돈 잘 버는 여자 꼬시는 건 이제 일도 아니다. 그것이 계속되면 그걸 넘어가서 '명기'를 찾게 된다.

'허벅지가 탄탄하면 좋을까? 엉덩이가 업되면 좋을까? 얼굴이 예쁜 게 제일 좋을까? 가슴이 크면 좋을까? 아 결국엔 자기 전엔 알 수가 없고 일일이 다 자봐야 알겠다. 한 명 오래 만나면 시간이 모자라. 난 돈도 많고 체력도 되니까 계속 이리저리 만나봐야지.'

이게 되려면 물론 잘생긴 것도 중요하지만, 돈도 넉넉하고 체력도 낭낭해야 된다. 치킨 사 먹을 돈도 없는 놈이 여자 꼬시는 건 그렇게 유쾌한 과정이 될 수 없으니까.

하지만 반대로 여자가 '꼬시기 힘들 것 같다'라는 생각이 드는 남자를 꼬시는 건 거의 불가능에 가깝다. 남자가 여자를 봤을 때 정해지는 첫인상 5단계는 바뀔 가능성이 희박하기 때문이다. 남자가 모쏠일 경우에만 가능하다. 남자가 본인의 레벨을 잘 모르기 때문.

그에 비해 남자는 얼굴이나 말빨이 되면 '꼬시기 힘들 수도 있겠다' 싶은 여자도 열심히 돈과 시간과 정성을 갖다 바치면 꼬실 수 있다. 그래서 이 성취감에 중독될 수밖에 없다. 안 될 것 같았는데 되니까. 얘도 되니까, 더 예쁜 애도 될 수도 있겠다 하면서 눈은 갈수록 높아진다. 어리고, 예쁘고, 똑똑한 여자들이랑 다 한 번씩 자보고 속궁합까지 좋은 여자 찾으면 결혼하겠다는 심산이다.

어릴 땐 그렇게 카사노바가 부러웠는데, 지금은 안타깝다는 생각이 든다. 자신의 끝없는 자만심 때문에 장가를 못 갈 것 같거든(장가가고 싶다고 말은 하는데). 자신의 한계가 없다고 생각하는데 어떻게 한 여자에 만족할까? 몇 년째 의미 없는 만남만 지속하는 걸 보니 이젠 나도 지겨워 보인다.

여기 〈One Day〉라는 영화가 있다.

감독 론 쉐르픽
출연 앤 해서웨이, 짐 스터게스

남주인공은 '바람둥이'이다. 여주인공은 오랜 시간 동안 이 바람둥이를 짝사랑한다. 결국엔 그를 가졌다. 어떻게? 남자가 20년 동안 돈과 체력을 모두 탕진하고 나서야 그녀에게 찾아온다. '이게 뭔 사랑이야!'란 생각이 들었지만 다시 생각해보니 오히려 정말 현실적인 영화라는 생각이 들었다.

바람둥이를 갖고 싶다면 그 남자가 가진 모든 돈과 체력과 머리카락을 잃었을 때, 더 이상 자기 스스로에게 나르시시즘을 느낄 수 없을 때 가능하다고 감독은 말하고 싶었던 게 아니었을까? (신비한 TV 서프라이즈 성우톤)

또 다른 종류의 바람이 있다.

감독 마시 태지딘
출연 키이라 나이틀리, 샘 워싱턴

이 영화에 나오는 유부남은 유혹해 오는 여자를 마다하지 않는다. 위에서 먼저 서술했던 바람은 '능동적 바람, 육식형'이고, 이 영화에 나오는 바람은 '수동적 바람, 초식형'이다.

유혹녀가 유부남을 꼬시다 꼬시다 못해 결국에는 지 스스로 옷을 다 벗고 다가간다. 몸으로는 육탄전을, 입으로는 끊임없이 '남자의 죄책감'을 덜어주려고 애쓰면서. 남자는 계속 기다린다. 왜? 이것은 또 다른 종류의 나르시시즘으로 자신은 끝까지 '나는 도덕적인 사람이다'라는 틀을 깨고 싶지 않은 것이다. "내가 꼬신 게 아니야"란 말을 하고 싶은 거다.

이런 놈은 주로 꼬시고 싶은 여자가 있을 때 오히려 짝이 있음을 숨기지 않는다. 그리고 그 여자 앞에서 '자기 배우자나 여자 친구와 사이가 안 좋다, 외롭다, 힘들다' 이런 말을 계속 한다. 솔직함을 가장하여 동정심을 유발하면서 동시에 우유부단한 제스처로 끊임없이 다른 여자가 제 발로 찾아오도록 문턱을 갈아 없앤다.

비겁한 새끼! 솔직히 나는 '육식형'보다 '초식형'이 더 짜증난다. 그 착한 척하는 꼬라지가. 이렇게 바람피우는 2가지 유형의 남자들의 심리에 대해 적어봤다. 그럼 이 남자들의 공통적인 특징은 뭘까?

13

내 남자가
딴 여자를 넘보는 이유

바람피우는 사람들의 특징은 한도 끝도 없는 자만심에서 온다. 일단 남자들은 기본적으로 여자들보다 나르시시즘을 많이 깔고 들어간다. '7의 여자'에도 썼듯이 남자들은 일반적으로 자신의 외모를 10점 만점에 최소 7점으로 둔다. 그래서 7의 여자한테 가장 많은 대시가 들어온다. 1점에서 7점까지의 남자들이 다 대시하니까.

8~10점 모쏠남들도 거의 자신을 7점으로 기반에 두고 대시를 시작한다. 아직 자신의 레벨을 잘 모르기 때문이다. 하지만 대부분의 여자들은 자신의 레벨을 거의 정확하게 안다. 8~10점 모쏠남들의 대시를 운 좋게 받아 사귄 7점의 여자들은 2가지 운명으로 갈린다.

ㅣ. 적당히 잘해준다(남자가 해주는 만큼).

⋯⋯▶ 적당히 잘해주면, 모쏠남들은 자신의 레벨이 계속 7점인 줄 안다. 예쁘게

잘 사귈 수 있다.

2. 어쩔 줄 모른다.

⋯⋯➤ 어쩔 줄 모르고 황송해한다. 그러면 남자는 바로 눈치챈다. 내가 8점이었구나.
그럼 8의 여자한테 대시해야겠다고 결심한다.

여기서 정상적인 남자면 7의 여자와 헤어지고, 8의 여자를 물색하겠지.
그런데 자신의 레벨에 아직 확신이 없는 놈들은 일단 7의 여자를 놔두고 8
의 여자에게 대시한다.

'카사노바' 탄생의 서막이다. 8이 되면, 9로 넘어가고, 9가 되면 10으로 넘
어가는 식이다. 솔직히 남자 외모가 8점(극소수)이면, 외모 8~10의 여자를
만나는 게 그리 어렵진 않다. 돈과 체력만 된다면.

이번에는 평범한 1~7점 남자들의 열렬한 대시를 받아 사귄 7의 여자의
운명에 대해 알아보자.

1. 적당히 잘해준다(남자가 해주는 만큼).

⋯⋯➤ 역시나 행복한 연애를 유지한다. 대접 받으면서.

2. 왠지 황송해하며 남자보다 자신이 더 열렬히 잘해준다.

⋯⋯➤ 병신 같은 남자는 착각에 빠진다. 나는 8점이었어!

이 병신은 위와 마찬가지로 7의 여자를 놔두고, 8점의 여자들을 이리저리 공략한다. 운이 좋아 성공하면 넘어가는 것이고, 실패하면 다시 전 여친한테 돌아온다. 헤어진 남자가 나를 다시 붙잡는 이유가 이거다. 딴 여자 물색하다가 실패한 뒤에야 지 레벨의 한계를 깨달아서.

"진정한 사랑은 너뿐이었어"라고 돌아오는 것은 "야, 딴 여자애들한텐 안 먹히더라. 미안. 내가 더 레벨 업할 동안 너 다시 만나고 있어야겠다"란 뜻이다. 이래서 헤어진 남자랑은 다시 만나지 말라는 얘기다.

"왜 헤어지고 나서야 나의 소중함을 아는 걸까요?"라는 여자들. 네가 너무 잘해줘서, 너보다 더 예쁜 여자 만날 수 있을 줄 알고 떠났다가 실패한 찌질이들이나 돌아오는 거다. 뭐 그렇게 대단한 사랑의 재회라고 착각하지들 마쇼.

이런 찌질이들에겐 특징이 있다. 여자를 사귀기 시작했는데 여자가 너~무 잘해주니까 지 매력 레벨의 정체성에 혼란이 왔을 때 여자 친구를 숨기기 시작한다. 이른바 비밀 연애. 물론 거의 대부분의 CC(캠퍼스든 컴퍼니든)가 비밀 연애를 자처한다.

하지만 뉘앙스가 다르다. 필요 이상으로 극도로 숨긴다. 누가 "혹시 너희 사귀나?"고 했을 때, 자기도 모르게 입꼬리가 올라가는 게 아니라 자기도 모르게 성질을 낸다. 화가 난다. 지금 얘랑 사귀는 게 들통나면 다른 여자를 공략하는 것은 모두 물거품이 되니까. 특히 사내 커플인 경우, 거의 꼼짝없이 이 여자랑 결혼을 해야 될 판이다. 그렇다면 공개연애를 하고 싶어 하고, 결혼을 결심한 경우의 남자는 어떤 계기로 그러는 걸까?

1. 여자를 거의 못 만난 경우

"내가 만날 수 있는 여자 중 이 여자가 제일 예쁘다." – 외모

2. 여자를 몇 명 만난 경우

"내가 만날 수 있는 여자 중 이 여자가 제일 예쁘고 똑똑하다." – 학벌이나 직업

3. 여자를 좀 만난 경우

"내가 만날 수 있는 여자 중 이 여자가 제일 예쁘고 똑똑하고 착하다."
– 성격

4. 여자를 꽤 많이 만난 경우

"내가 만날 수 있는 여자 중 이 여자가 제일 예쁘고 똑똑하고 착하고,
지혜롭다." – 지혜

5. 여자를 너무 많이 만난 경우

"내가 만날 수 있는 여자 중 이 여자가 제일 예쁘고 똑똑하고 착하고,
속궁합까지 딱이다."
※ 2번과 3번은 순서가 바뀔 수도 있다.

대략 이런 식으로 자기 인생 최고의 여자를 만났을 때 남자는 '이 연애

가 마지막이어도 좋다'라는 결심이 서고, 공개연애나 프러포즈를 하는 것이다.

'왜 이 남자는 나의 존재를 극도로 숨기는 걸까?'

'왜 나를 대접해 주지 않는 걸까?'

'왜 점점 연락이 뜸해지는 걸까?'

이런 불안감이 당신을 엄습한다면, 상대방은 자신의 더 높은 레벨을 눈치챘거나 혹은 착각에 빠져서 더 좋은 여자를 꿈꾸기 시작한 것이다. 여자는 '평강공주 콤플렉스'란 말이 있을 정도로 자신보다 낮은 레벨의 남자를 만나는 경우가 많은데, 남자는 그런 손해 보는 짓 절대 안 한다. 자신의 한계를 정확하게 깨달을 때까지 이 여자, 저 여자를 꿈꾼다. 어리든 나이를 먹었든 자기가 자신의 레벨에 맞는 여자를 만났다는 확신이 섰을 때 남자는 공개 연애나 프러포즈를 감행하는 것이다.

공개 연애나 프러포즈가 불가능한 바람둥이들은 지 분수를 잘 모른다. 지 분수를 모르는 것들은 잘해주면 딴 생각을 하고, 지 분수를 아는 남자들은 잘해주면 고마워한다. 남자 본인이 만날 수 있는 최고 레벨의 여자를 만났음에도 불구하고 지 분수를 모르면 놓치는 것이고, 지 분수를 알면 같이 행복해지는 것이다.

지 분수도 모르고 나를 홀대하는 남자는 뻥 차버려라. 지 분수를 알고도 나를 '가격 후려치기' 해서 조정하려는 남자도 마찬가지. 내가 점점 더 잘해주는 만큼 고마워하며 점점 더 대접해주는 남자를 만나길 바란다. 내가 왕 대접을 해주면, 여왕 대접을 받아야지 하녀 취급을 받아서는 안 된다.

그리고 어릴 때 흔히들 하는 실수가 남자가 잘해주는 것보다 내가 계속 더 잘해주면 언젠가 남자도 더 잘해줄 것이라고 착각하는 것인데, 처음부터 남자가 해주는 것 이상으로 더 잘해주지 마라. 특히 어릴 때일수록 남자들이 자신의 레벨을 모르는 경우가 더 많기 때문이다.

"제 애인은 방황하다가(저를 한참 홀대하다가) 요즘 다시 잘해주던데요?"

음, 아마 너 몰래 다른 여자한테 들이댔다가 까여서 잠깐 정신 차린 케이스일 거다. 너를 홀대하는 놈들은 다시 잘해줄 때까지 매달리지 말고, 그 전에 확실하게 정리하길 바란다. 분명 다시 너를 더 비참하게 만들테니까.

14

연애에서 을이 되는 비법

1. "사귀자"고 안 해도 계속 만난다.

2. 내가 "사귀자"고 한다.

3. 콘돔을 안 써도 계속 섹스한다.

4. 혼전 임신을 한다.

5. 나를 지인들에게 소개 안 해도 계속 만난다.

6. 데이트하는 동안 옷을 입고 있는 시간보다 옷을 벗고 있는 시간이 더 많다.

7. 남자가 잠수를 탄 것이 2회를 넘는다.

8. 내가 돈을 빌려준 횟수가 2회를 넘는다.

9. 내가 헤어지자고 해놓고 내가 붙잡는다.

10. 상기 내용 중 해당사항이 있어도 '나는 아니다'라고 믿는다.

자도 자도 모자란 아침잠처럼

나는 네가 늘 부족했는데

너는 왜 나를 아쉬워하지 않을까

한번쯤은 너도 초조해하는 모습을 보여줬으면

한번쯤은 네 사랑이 넘쳐서 귀찮아 봤으면

일부러 네 전화를 받지 않기도 해봤지만

그래봤자 애타는 건 언제나 내 쪽이었으니까

참고 참다 1시간 만에 전화를 걸면

넌 그냥 평온한 목소리로 많이 바빴냐고

가장 좋아하는 너와 함께 있으면서도

애정 결핍에 시달리고

내 마음을 의심하지 않는다는 이유로

너를 불안해하고

너와 사귀면서도 너를 짝사랑하고

널 그렇게나 좋아하면서

날마다 너랑 헤어지는 걸 결심하는 난

그런 이상한 사랑을 했던 것 같아

너한테 준 내 마음만 계산하느라

-라디오 〈푸른 밤 그리고 성시경입니다〉에서

244

15
/
"나 같은 놈 만나줘서 고마워"의
숨은 의미

'나 같은 놈 만나줘서 고마워.'

자, 이 말이 의미하는 바가 뭘까? 어린이들이 보기엔 무척 낭만적인 말처럼 보일 수도 있다. 하지만 언제나 기본을 잊지 마라. 남자는 '나르시시즘'이 강한 존재다. 그런데 '나 같은 놈'이라니? 이 무슨 모순인가?

이것은 사실 자신의 존재가치를 낮추는 말이 아니다. 하지만 여자들로 하여금 마치 그렇게 들려서 '평강공주 콤플렉스'를 자극하기에 딱 좋은 말이다.

"나 같은 놈 만나줘서 고마워."

···▶ 뜻: 내가 못해줘도 만나줘서 고마워. 난 너에게 해주고 싶은 것이 없고, 아무것도 안 해주는데도 만나줘서 고맙다. 이 만만한 것아!

자신이 '을'인 척하면서 너를 '을'로 만드는 마법의 주문이다. 너는 아마 평강공주 콤플렉스나 모성애, 혹은 동정심에 빠져서 마치 어미 새처럼 모든 걸 주려고 할 것이다.

정신 차리자. '잘해주고 싶은데, 여건상 그럴 수 없다'는 식으로 말하는 남자들 만나지 마라. 다 거짓말이다. 그리고 그렇게 상황이 안 맞으면 헤어지고, 상황이 맞는 남자를 만나라. 쓸데없이 너의 보석처럼 빛나는 20대를 어미 새처럼 보내지 마라.

연애를 해야지. 니가 엄마야? 섹스 가능한 엄마? 니가 갑인 줄 알겠지만, 사실 너는 을이다. 가격 후려치기와 반대되는 스킬이라고 볼 수 있다.

남자가 "내 상황이 이렇게 안 좋아"라는 식으로 팩트를 말할 수 있다. 하지만 "그래서 잘해줄 수 없다"라고 말하는 건 개구라다.

잘해줄 수 없다. 하지만 계속 만나자.

····▶ 뜻: 잘해줄 수는 없지만 계속 섹스하자.

이 말을 듣고도 좋다고 옆에서 싱글벙글 따라붙는 너를 보면서 앞으로 잘해줄 확률? 0%다. 로또 맞아서 돈 생겨도 니 줄 돈 없다. 잠수 탈 인간이다. '그 돈 생기면, 니 안 만나지~' 이런 마인드다. '잘해줄 수 없는데도 아니, 잘해주지 않는데도 만날 수 있는 여자' 이게 네가 자처한 레벨이다. 그니까 로또 맞거나, 고시에 패스하고 나서 만날 레벨의 여자가 아니라는 말씀이다. 고시에 패스하거나 좋은 곳에 취직하면 버림받을 여자의 레벨을 네가 자처하고 있는 것이다. 남자가 "너에게 잘해줄 수 없다"라고 이미 선포했기에 여자가 섭섭한 것이 생겨도 감히 말할 수도 없다.

성공하고 나서도 너에게 잘해줄 남자는 저딴 말 안 한다. 그냥 아무 말 없이 묵묵히 잘해줄 것이다. 자존심 상하게 저런 양아치 같은 말 안 한다. 돈 없어도 너를 꼭 집앞까지 데려다 주는 등 너를 배려하고 존중하고 대접하려 할 것이다. 그 의미는 너는 '고시 패스하고도 만날 여자' 레벨이란 거니까. 반대로 힘들다고 돈 빌리는 새끼들 정리해라. 네가 여자로 안 보인단 뜻이다.

그 남자가 아무리 상황이 안 좋아도 네가 '사랑받는 느낌'을 받게 해줄 수 있다. 진실한 믿음을 보여서 네가 불안하지 않도록 해줄 것이다. 잘 이해가 안 된다고? 그래도 우리 오빠의 진심은 그게 아닐거라능?

여기서 추천하고 싶은 영화가 하나 있다.

감독 김해곤
출연 김승우, 장진영

〈연애, 그 참을 수 없는 가벼움〉 이 영화에 나오는 김승우(영운)를 잘 한 번 보자. 영운은 백수다. 그런 그가 이 영화에서 노래방 도우미 장진영(연아)을 대하는 태도와 자신의 소중한 약혼녀를 대하는 태도를 봐라. 연아에게는 자신의 한심한 모습을 아무런 여과 없이 다 보여준다. 왜? 그렇게 해도 연아는 항상 그 자리에서 자신을 사랑해줄 것을 아닐까. 마치 엄마처럼. 하지만 자신의 소중한 약혼녀 앞에서는 지구상에서 가장 젠틀한 남자다. 왜? 그렇게 해야 이 관계를 잘 유지해서 결혼을 할 수 있으니까.

절대 애인에게 엄마가 되지 마라. 엄마는 언제든 항상 그 자리에 있는 사람이다.

자, 그러면 여기서 '영운이 둘 중 누구를 더 사랑했느냐'가 과연 중요한가? 아니, 둘 다 사랑했다. 그러니까 '누구를 더 존중했느냐'가 중요하다.

인간에 대한 존중은 두려움에서 나옵니다.　　　　　- 최규석 웹툰 〈송곳〉

두려움이 있어야 된다. 이 사람이 나를 떠날 수도 있다는 두려움이 내재되어야 '존중'이 생긴다. 백수에게 먼저 대시하는 노래방 도우미 연아에게는 그런 두려움이 생길래야 생길 수가 없다.

남자가 자신 앞에서 솔직하게 모든 걸 다 보여주고, 온갖 추한 꼴 다 보이면서 "나 같은 놈 만나줘서 고마워"라고 할 때, 그게 '진실한 사랑'이라고 착각하지 마라. 만만해서 그렇다.

여자가 좋아하는 남자 앞에서 예쁘게 화장하고 방귀도 안 뀌고 욕도 안 하듯이 남자도 똑같다. 좋아하는 여자 앞에서 멋진 모습, 다정한 모습만 보여주려 할 것이다. 그러려면 '버림받을 지도 모른다는 두려움'이 필수 조건이다.

예전에 이 영화를 봤을 때는 참 기분이 찝찝했다. 그땐 내가 연아 같았거든. 애인 사이인데도 동성 베프, 불알친구처럼 너무나 막역했던 그 모습이. 그런데 지금 다시 보니까 전혀 그런 기분이 안 들어. 남편한테 존중받고 있으니까.

연아는 영운이 진실로 사랑한 사람이 자기라고 믿었을 것이다. 하지만 아니다. 연아와 약혼녀 둘 다 사랑했다. 다만 존중받았냐, 못 받았냐의 차이다.

이 영화를 보면서 옛날의 나처럼 찝찝한 기분이 든다면 지금 만나고 있는 사람과의 만남을 재고해보라. 약혼녀 앞에서 가식적인 모습을 보이는 영운을 보면서 '그래도 진짜 사랑은 연아지'라고 자위하지 마라.

진짜 사랑, 가짜 사랑? 그런 게 어딨냐? 결국엔 뭔지 알아? '결혼하고 싶은 여자'와 '같이 놀고 싶은 여자'의 차이다. '갖고 싶은 여자'와 '없어도 그만인 여자'의 차이다. 너는 어느 쪽이고 싶냐?

16
진짜 이별

내가 늘 깔끔한 이별을 했다고 적었었지만 사실 '술 먹고 전화하기'는 한 번씩 다 했다. 술 마시면 어쩔 수 없잖아.(— 다 비겁한 변명이다!)

그래도 여기서 이별 핵팁을 하나 준다면, 그 힘든 와중에도 혼자 날짜를 정하는 것이다. 예를 들면 "6월 4일까지만 찌질거려야지. 그 뒤엔 잊는 거야"처럼. 나는 그렇게 스스로 정한 날짜에 마지막으로 내가 하고 싶은 말들을 문자로 보내고 나서 바로 클럽으로 달려가 남은 미련을 날려버렸다.

이런 남자가 진짜 착한 남자(이별할 때만)

1. 절대 내 전화 안 받음
2. 절대 내 문자 다 씹음
3. 절대 먼저 연락 안 옴

헤어지고 나서 질척대는 건 무조건 못된 놈들이니 상종하지 마라.

정말 고마웠다. 내 연락 안 받아준 거. 덕분에 나는 더 빨리 행복해졌으니까.

헤어지고 나서 전남친이 연락 오면 이렇게 생각해라.

'아, 내가 진짜 만만해 보이는구나.'

몸이 외롭고 마음이 외로우니, 그래도 지 좋다고 해주던 여자한테 전화하는 꼴이라니. 괜히 호구 잡히지 말고, 연락을 단호히 끊어내길 바란다. 하루 빨리 행복해지고 싶다면 말이지.

7교시
설렘을 유지하려면
⑲

밤이 오면 심장이 뜨거워지는 여자
그런 반전이 있는 여자

싸이 〈강남스타일〉

01

설렌다는 게 뭐야?

나: 엄마, 걔는 도저히 안 설레. 난 설레지 않으면 사귈 수가 없는데. 근데 설렌다는 건 뭘까?

엄마: 설렘? 그건, 네 눈에 걔는 안 섹시하다는 뜻이지.

솔직히 좀 놀랐다. 그렇게 정확하게 본질을 꿰뚫는 대답을 들을 줄은 몰랐다. 그렇구나, 그래. 섹시하지가 않구나. 흔히들 이젠 정으로 산다느니, 정으로 사귄다느니 하는 건 그런 게 아닐까? 가족끼리 이러지 말라는 둥 그런 거.

여자가 남자에게 설레지 않아도 잘 사귀는 커플도 많다. 자신에게 잘해주고 라이프스타일도 잘 맞는 남자가 편하고 좋아서 만난다. 사람마다 다르다. 그런 연애를 즐기는 여자가 있는 반면, 난 절대 그런 만남은 지속 가능하지가 않다. 가슴이 뛰어야만 한다. 심쿵심쿵♡

물론 안 설레도 사귈 수 있는 여자들도 확실한 기준이 있다.

'그 남자와 키스할 수 있는가? 그 남자와의 키스를 상상할 수 있는가?'

그렇다면, 설레야만 사귈 수 있는 여자의 기준은 뭘까?

'그 남자와 자고 싶나?'

Sexy

(형용사) 성욕을 자극하는

7교시 수업은 '설레야만 사귈 수 있는' 여자들이 읽었으면 한다. 다른 연애를 지향하는 여자들은 이해할 수 없을 것 같다. '설렘'이라는 여자용어를 남자용어로 바꾸면 뭘까?

꼴. 림.

꼴림이 뭔지 아는 여자들만 Follow~ follow me!

02
혼전순결-언어의 힘

네이버에서 '혼전 순결'의 사전적 의미를 검색해 보았다.

없다!

상당히 고무적인 일이다. 믿을 수 없어 구글링을 해봤다.

없다!

있지도 않은 단어였단 말인가. 혼전 순결이라는 단어에 대해 신랄하게 까보려고 했는데 없는 단어라니, 일단 기분이 좋군. 하지만 분명 우리 사회에 통용되는 단어다.

혼전 순결은 보통 '지킨다'라는 동사와 함께 쓰인다. 뭘 지킨단 말인가? 처녀막?

대학 시절, 친하게 지내던 형이 고민을 상담해왔었다.

"백설아, 여친이랑 얼마 전에 했는데……."

"응, 근데 왜?"

"아, 아니다."

"우리 사이에 뭐야. 말해. 죽여버리기 전에."

"음, 처녀막이 없더라고."

"근데?"

"어?! 분명 처음이랬는데⋯⋯."

"형도 처음 아니잖아?"

형은 그 말을 '그래도 좀⋯ 그래'라는 표정으로 말했다. 그게 마지막 대화였다. 그 길로 잘라버렸다. 밥맛 떨어지니까. 그래도 그 형은 졸업할 때까지 '처녀막 없는 여친'이랑 잘 다니더라. 결혼할 생각은 없어 보이지만.

네이버 웹툰 〈찌질의 역사〉를 아시는지? 제목답게 병신 같은 대사가 많은 웹툰인데 그중 단연 압권은 이거다.

남녀가 첫 섹스 후에 침대에 누워 있다.

남: 너무 궁금한 게 있어.

여: 응, 말해.

남: 내가 ⋯ 처음이야?

난 이 웹툰의 제목이 〈찌질의 역사〉라서 좋다. 이딴 에피소드가 미화나 웃음, 추억의 소재 따위가 아니라 찌질하다는 걸 인정하는 거니까. 만화 주인공이 20살이고 배경도 워낙 옛날이라는 점을 고려한다고 해도 도대체 일부 남자들은 이게 왜 중요한 걸까?

섹스를 하면 지는 '멀쩡'한데, 여자는 '닳는다'는 생각이 있는 것이다. 군이 '더럽혀졌다'까지는 생각 안 해도.

처녀막을 '깼다', '먹었다', '따먹었다', '자빠뜨렸다' 등 남자들이 쓰는 동사는 여자가 쓰는 단어와 다른 점이 있다. 능동적이고, 뭔가를 해치웠다거나 해냈다는 성취감이 느껴진다.

반면, 여자의 단어는 처녀막을 '잃었다', '빼앗겼다', '순결을 줬다', '몸과 마음을 다 줬다' 등 단어들이 굉장히 '피해의식'과 '1회성'의 성질을 내포하고 있다. 지가 무슨 따다 버린 요플레 뚜껑인가? 도대체 뭘 주고 뭘 빼앗겼단 말인가? 다 닳아 없어졌나? 불구라도 된 거야? 다시는 못해? 애인이 억지로 했나? 당신 손발이라도 묶었어?

그냥 '했다'라고 하면 된다. 남자든 여자든 그냥 했을 뿐이다. 미드를 보니 'do'라는 단어를 쓰더라.

"백설아, 나 어떡해ㅜㅜ 이렇게 헤어질 줄 알았으면 주지 말걸."

아놔, 뭘 줬는데? 돈이라도 줬어?

뭐가 억울한데? 성폭행이라도 당했어?

나란 여자. 독설가 맞구나.

2015년 영화 〈내부자들〉에서도 나왔듯 단어의 힘, 언어의 힘은 굉장히 크다. 섹스에 대해서 남자와 여자가 쓰는 단어가 이렇게 다른 이유는 여성의 가치를 떨어뜨리기 위함이다.

정말 그리 멀지 않은 과거에는 성폭행을 당한 여자가 성폭행범과 결혼하는 일도 종종 있었다. 어이없게도 피해자 측 부모가 먼저 쉬쉬하며 일을 '좋게 좋게' 마무리하려 했던 것이다. 어떤 나라에서는 이것과 비슷한 약탈혼이 하나의 '결혼 전통'인 곳도 있다. 문화의 다양함이란!

　　이 모든 것이 '더럽혀졌다'라는 단어 때문에 일어나는 일이다. 그만큼 언어라는 건 강력하다.

피고와 피해자를 법원서 짝지어줘

13:22

[선데이서울 73년 5월 20일호 제6권 20호 통권 제 240호]

대구(大邱)고등법원 형사부 판사들은 묘한 법정약혼을 성취시키고 싱글 벙글.

5월 3일 鄭모군(17·경북 김천(金泉)시)은 짝사랑했던 이(李)모양(17)을 꾀어내 강제로 욕을 보이고 구속, 기소돼 1심에서 징역을 선고받고 고법에 항소했는데 이날 판사들은 『그럴 게 뭐 있느냐? 기왕 버린 몸이니 오히려 짝을 지어 주어 백년해로시키는 게 좋겠다』는 식으로 양가 부모를 설득, 법정에서 약혼까지 치르게 했다는 것.

〈대구(大邱)〉

▲ 1973년이다. 당시 17세 여인이라 우리 엄마 또래인 듯하다. 아찔&어질

"성폭행, 결혼으로 책임지겠다"
양쪽부모 합의 집행유예 석방

여고생을 성폭행해 1심에서 실형을 선고받은 20대 남자가 피해자의 부모로부터 "딸이 자란 뒤 결혼시키겠다"는 합의를 받아냈다는 이유로 항소심에서 집행유예로 풀려났다.

서울고법 형사4부(재판장 송기홍 부장판사)는 24일 지나가던 여고생을 승용차에 태워 성폭행한 혐의로 1심에서 징역 2년6개월을 선고받은 김아무개(2 3·운전기사·경기 평택군)씨에게 징역 2년6개월에 집행유예 3년을 선고했다.

재판부는 판결문에서 "김씨가 초범인데다 혐의를 모두 자백하고 잘못을 반성하고 있다"며 "더욱이 김씨의 부모와 피해자 O양의 부모가 '자녀가 자란 뒤 성혼시키자'고 합의한 만큼 집행유예를 선고한다"고 밝혔다.

포클레인 기사인 김씨는 지난 6월 밤 11시30분께 이천 부발읍에서 승용차를 운전하던중 비를 맞으며 택시를 기다리던 O양(17·O여고 2학년)을 "목적지까지 데려다 주겠다"며 차에 태운 뒤 외진 곳으로 데려가 성폭행했다.

김씨는 범행 다음날 O양을 다시 만나려고 찾아갔다가 O양의 학교 교사로부터 신고를 받고 출동한 경찰에게 붙잡혀 구속기소됐다.

O양의 부모는 김씨쪽 부모의 부탁으로 선처를 바라는 탄원서를 써줬으나 1심재판부는 "외딴 곳에 서 있는 여성을 차에 유인한 뒤 성폭행한 점으로 미뤄 계획적 범행으로 여겨지는 등 죄질이 나쁘다"며 김씨에게 징역 2년6개월의 실형을 선고했다. O양의 부모는 항소심에서 "양쪽 부모가 두 사람을 성혼시키기로 했으니 선처를 바란다"는 탄원서를 다시 써냈다.

한편, 당사자가 아닌 양쪽 부모의 합의를 이유로 성폭행범을 선처한 이번 관결을 두고 여성운동단체 등으로부터 논란이 예상된다. 임민 기자

▲ 1998년도 기사. 내가 초딩 때였다. 앞의 기사에서 20년이나 지났는데도 이런 어처구니없는 일이 일어났었다.

성폭행을 '당했다'는 표현은 적절하지만, 피해자가 '더럽혀졌다'는 잘못된 인식 때문에 아예 남은 인생까지 헌납하게 되는 일이 발생했던 것이다. 살다가 강도를 만난 사람을 위로는 못해줄망정, 같이 살던 가족들마저 외면해버리는 것이 현실이었다. 그래서 몇몇 위안부 할머니들은 독립 후에도 고향에 돌아오지 못했던 것이다.

그러니 이 책을 읽으시는 분들은 여자의 섹스에 대해 '말 조심'해 주길 바란다. 준 것도 없고, 빼앗긴 것도 없고, 잃은 것도 없고, 닳지도 않았고, 불구가 된 것도 아니다. 그냥 '했다'라고 하자. '잤다'는 말도 괜찮다. 능동적인 단어를 쓰길 바란다.

(서로 협의가 있었다면, 일방적으로 당한 것이 아니라면)

당신은 피해자가 아니다!

처녀막[hymen, 處女膜]

가운데 부분에 구멍이 있는 얇은 막으로 월경혈이 이 구멍을 통해 바깥으로 나오게 된다. 과거에는 처녀막을 처녀의 상징이나 정조의 징표로 사용하기도 하였으나, 이는 잘못된 관습이다.

성행위를 하지 않았는데 처녀막이 변형·파열되어 있거나, 성행위를 자주 했음에도 그 모양을 유지하고 있는 경우도 있으며, 처음으로 성행위를 했을 때 출혈이나 통증이 있을 수도 있고 없을 수도 있기 때문이다.

■ 출처: 네이버 지식백과(서울대학교병원 신체기관정보, 서울대학교병원)

처녀막에 대해 언급조차 않는 남자를 만나길 바란다. 남자를 완전히 군필과 미필로 나누고 싶진 않지만, 통상적으로 군필자의 나이가 됐음에도 그런 발언을 일삼는 무식한 남자는 반드시 멀리 하시길.

자, 멀리 돌고 돌아 이제 혼전 순결이라는 단어에 대해 말해보자. '순결'이라는 단어는 '깨끗하다'라는 뜻이고, 반대어인 '불결'은 '더럽다'는 뜻이다. 혼전 순결이라는 단어도 결국 '한 번 하고 나면 더럽다'는 뜻을 내포하고 있다는 것이다. 이건 협박이다. 혹여나 훗날 2세를 키울 때도 이런 단어는 쓰지 않는 것이 좋겠다. 2세에게 괜히 성에 대한 죄책감을 심어주지 말자. 사람은 섹스로 더럽혀지는 것이 아니다.

요즘에는 '혼전 순결 주의'라는 말 대신 '혼후 관계 주의'라는 말을 쓴다고 한다. 좋은 시도라고 생각한다. 둘 다 결혼 후에 관계를 맺는다는 뜻이지만, '혼후 관계 주의'란 단어는 '관계'를 불결한 것으로 만들지 않는다.

혼전 순결 주의 → 혼후 관계 주의

나는 이보다 '혼후 순결'이라는 단어를 퍼뜨리고 싶다. '혼후 순결 주의'란 결혼 후에야말로 진정 깨끗함(정조)을 지키겠다는 뜻이다. 왜 혼후 순결을 가볍게 여겨서 불륜 드라마가 판치고 있는 걸까. 그게 진짜 불결한 것 아닌가.

끝으로 하루 빨리 평등한 단어를 사용함으로써, 남성의 섹스와 여성의 섹스를 동일한 시각으로 바라볼 수 있는 날이 오길 바란다.

03
섹스 주요 포인트 3가지

1. 아무것도 모르는 남자일수록 자신을 위한 섹스(삽입 위주)를 하고,

뭘 좀 아는 남자일수록 여자를 위한 섹스(애무 위주)를 한다.

심한 경우에는 아예 애무를 안 하는 남자도 있다.

삽입만이 섹스인 줄 아는 형이랑 얘기하다 깜짝 놀란 적이 있다.

"형!! 야동 안 봐요??"

"어, 안 보는데……."

와우! 이런 남자도 있구나. 삽입으로 얻는 오르가즘보다 더 높은 경지가
바로 황홀경에 빠진 여자의 얼굴을 보는 것임을 모르는 남자들이 많다.

2. 삽입 전부터 여자의 성기는 애액으로 범벅이 되어 있어야 한다.

애액이 없는데 삽입을 시도하는 남자가 있다면 "젖었어?"라고 물어라.
'젖지도 않았는데 넣겠다는 말이야??'라는 뉘앙스로.

① 無애액 섹스는 성교통의 결정적 원인이다.

② 성교통에 대한 트라우마로 애액이 나오지 않을 수도 있다. 그럴수록 릴랙스하고, 진심으로 파트너를 사랑하라. 섹스는 집중력이 필요한 일이다.

③ 삽입 전부터 애액이 많이 나오면 나올수록 삽입 오르가즘의 정도는 비례한다.

④ 애무의 존재 이유는 애액(섹스의 시발점) 때문이다.

3. 최고의 애무는 잘생긴 얼굴이다.

미남들은 별도의 애무 없이 키스 몇 번으로도 여자를 삽입 가능한 상태로 만들 수 있다.

04

첫 연애의 혼란
– 밀당 vs 솔직한 연애

"그 남자는 (그렇게 떠날 거면서) 왜 저랑 섹스한 거죠?"

상담을 받다보면 꽤 많은 여자들이 자기가 먼저 스킨십을 했으면서, 남자가 홀랑 자기를 따먹고(이런 표현은 안 썼지만, 사연녀들의 어감은 이런 느낌이었다) 도망갔다는 식으로 하소연한다.

그래, 여자가 먼저 몸으로 들이댈 수도 있지. 먼저 손을 잡는다거나, 먼저 팔짱을 낀다거나, 먼저 뽀뽀한다거나. 근데 사실 먼저 스킨십하는 건 말리고 싶다.

놀아본 여우가 아닌 이상, 여자가 그런 식으로 한다는 것은 이미 자제력을 완전히 잃었다는 얘기다. 폭주기관차처럼. 심하면 내게 왔던 사연처럼 먼저 막 섹스까지 밀어붙이게 되는 경우도 있다.

이건 밀당을 떠나서 여자든 남자든 그렇게 자제력을 잃고 날뛰어서는 안 된다. 어떤 남자가 만난지 얼마 되지도 않은 여자를 모텔이나 자취방에 데려가 섹스까지 확 밀어붙이고 나서 "그 여자는 왜 절 떠난 거죠?"라고 너에게 묻는다고 생각해보자. 또라이 아닌가? 남자가 그러면 또라이고, 여자가 그러면 솔직한 거여?

남자든 여자든 만난지 얼마 안된 사람이랑 섹스하고 싶을 수는 있다. 근데 남자는 여자 기분 맞춰가면서 조심스럽고 신사적으로 섹스까지 가야 되는데, 여자는 지 맘대로 해도 된다는 건가? 남자 기분은 생각 안 해? 아니 그리고, 왜 지가 섹스까지 밀어붙여놓고 피해자 코스프레야? 왜 끝까지 남자만 발정난 개로 만들고 있냐고. 발정은 남자가 아니라 너님이 났잖아여.

충분히 눈빛을 마주친 사이도 아닌데, 남자가 여자 가슴부터 뚫어지게 보면서 호시탐탐 노린다고 생각해봐. 그래도 돼? 남자는 안 되고, 여자는 지 꼴리는 대로 남자 고추부터 어떻게 해보려고 달려드는 건 괜찮나? 남자도 여자한테 정 떨어지는 건 당연하지 않나?

그럴 거면 왜 섹스했냐고? 네가 하자 했잖아. 호기심에 끝까지 가볼 수도 있지 뭐. 문제 있나? 남자가 덮쳤어? 니들(20대 초반)이 만나는 남자애들이 뭐 그렇게 철이 들었겠어. 뭔 연륜이 있어서, 그렇게 섹스하고 나면 이 여자한테 질릴 수도 있다는 걸 어떻게 알겠어. 너도 몰랐잖아. 그러면 남자가 질리는 거.

20대 초반이면 남자든 여자든 모를 수 있다. 그런 '솔직한 모습'이 말이 좋아 '솔직'한 거지, 그냥 발정난 걸 그대로 드러내 버린 건데. 물론 어릴 땐 연인 사이라면 그걸 당연히 이해해줘야 되고 당연히 불꽃이 활활 피어나서 사랑이 영원할 거라고 착각할 수 있다. 하지만 남자가 떠나고 나서 너무 화내지는 마라. 여자라는 이유 하나로 피해자 코스프레도 하지 말고.

'내가 자처한 거다!'

이걸 깨달아야 돼. 아무리 내 실수라지만 나도 사람이라 그 사람이 미워지는 건 어쩔 수 없고 당연한 건데, 다른 남자들까지 미워하지 말라는 뜻이다. '다음 남자한테는 이제 안 그래야지'라고 생각하자.

만난 지 얼마 안된 남자가 내 기분은 생각도 안 하고 노골적으로 성욕을 발산하는 건 신사적이지 않잖아. 너도 그러지 마. 그걸 '솔직'으로 포장하지 마.

그럼 밀당을 해야 되냐고?

'카톡은 몇 분 만에 답장할까?'

'스킨십 진도가 계속 나가고 있는데, 여기서 몇 번을 더 튕겨야 될까?'

'전화는 몇 번 만에 받을까?'

이딴 생각으로 밀당하면 상대방은 모를까? 이런 잔스킬 부리는 게 타나면 짜증난다. 정 떨어져. 우스워 보여. 안 귀여워. 어설프게 이딴 계산하지 말란 말이다. 이제 막 연애해보는 네가 해봤자 얼마나 잘하겠니?

그 시간에 더 예뻐져라. 만날수록 더 예뻐지는 게 최고의 밀당이다.

그리고 그 사람의 입장(상태)을 생각해.

'바쁠 텐데, 내가 너무 자주 연락하는 건 아닐까?'

'아직 이 사람은 여러 가지 대화를 더 하고 싶은 것 같은데, 나만 너무 스킨십 생각하나?'

'오빠 걱정되겠다. 이제 얼른 답장해야지.'

그리고 자제력을 가져. 나라고 안 그랬을까? 다 경험에서 사골처럼 우러나온 이야기다. 맨날천날 전화하고, 맨날천날 만나자 그러고, 나오라 그러고. 그런데 그렇게 '자제력'을 잃고 널뛰는 모습은 남자든 여자든 매력이 없다.

그런 건 본인이 당해보면 깨닫는다. 어떤 놈이 자제력을 잃고, 널 미친 듯이 귀찮게 하면 너도 깨닫는단 말이지. 그러니까 20대 초반 여자애들은 너 좋아죽겠다는 남자도 꼭 한번 사귀어봤음 좋겠다. 그런 놈 한번 만나보라고. 당해보면 뼛속까지 와 닿는다. '솔직'을 빙자한 나의 '집착'이 얼마나 사람 질리게 하는지.

그건 '그 남자가 좋아서'가 아니라 '연애를 하고 있는 내 모습이 좋아서' 거기에 도취되서 하는 짓이라는 걸 깨닫게 된다. 상대방 눈빛이 점점 흐리멍텅해지는 것도 모르고 나 혼자 좋~다고 진도 빼고 있는 게 그 증거잖아?

처음으로 '썸' 타고, 처음으로 '연애'하고, 처음으로 '키스'하고, 처음으로 '섹스'하니까 막 미치는 거다. 이 사람이 세상에 살아 있는 유일한 남자인 거 같고(반 미쳐 있는 상태), 이 세상에서 제일 위대한 사랑을 하는 것 같고. 당연히 상대방도 그렇게 생각할 거라고 한 치의 의심도 없이 착각한다. 드디어 만난 나의 소울메이트니까. 개뿔!

처음 연애를 하게 된 사람들이 저지르는 실수가 상대방의 마음도 나와 꼭 같을 거라는 착각. 당연히 상대방도 나와 결혼하고 싶어 할 것이라는 착각. 다 이해한다. 그렇게 착각할 수도 있다. 그런데 그게 착각이었다는 걸 나중에 깨닫게 되더라도 남혐에 빠지지 말라는 얘기다.

애정 표현 강약 조절 실패로 몇 번 고꾸라져 보면 상대방의 마음과 몸은 아직 나만큼 진도가 안 나갔다는 걸 머리로 파악할 수 있게 된다. 그게 자연스럽게 너에게 자제력을 줄 것이고, 그러면 밀당 잔스킬 따위는 필요 없다. 상대방이 마음속으로 얼마나 진도를 나갔는지를 파악할 수 있게 되면 저절로 그렇게 된다. 밀당이 아닌 배려를 하게 되는 것이다.

지금 너무 조급해하지 말고 그렇게 불안하면, 남자한테 그만 연락하고 그 시간에 예뻐져라. 사실 그게 최고의 밀당이니까.

05

스킨십 진도의 정석

"보통 스킨십, 특히 섹스는 사귄지 얼마 만에 하나요?"

이런 상담글이 심심치 않게 날아온다. 정답은 아무리 생각해도 천차만별인 것 같다. 일주일? 한 달? 100일? 1년? 정답은 없다. 사람마다 다르다. 어떻게 다르냐?

'이 사람과 결혼하고 싶다.'
이딴 생각으로 하면 안 된다. 섹스 타이밍은 그런 게 아니다.

'나는 이 연애에서 을이 되지 않을 자신이 있다.'
이 전제하에 그냥 내가 하고 싶을 때 하면 된다.

그 남자가 원하는 날짜는 중요하지 않다. 그 남자의 리드로 1박 2일로 여행을 가게 되더라도 안 땡기면 하지 마라. 스킨십을 그 남자 리드대로 다할 필요 없다. 그런데 아직 안 땡긴다 싶으면 1박 2일 여행을 가지 마라, 제발. 괜히 가서 남자 김 빼지 말고. 그렇게 거절하고 나서 언젠가 네가 땡기면 그때 여행을 가자고 하든, 집에 부르든, 집에 놀러 가든 맘대로 해라.

혹시나 남자보다 먼저 진도 빼려는 시도는 네가 엄청난 연애 고수가 아닌 이상 좋지 않다. 그 남자도 매 데이트마다 한 단계 한 단계 수위를 올려가는 재미가 있어야 되는데 그 정도는 존중해주자. 대신 그럴 때도 네가 안 땡기면 다음 데이트로 미루면 된다. 앞서 가는 건 안 되지만 미루는 건 얼마든지 괜찮다.

주의할 점은 '매서운 거절'은 남자에게 상처를 줘서 다음 데이트 때 남자가 다시 시도를 못하게 될 수도 있다는 것이다. 거절할 때도 귀엽게 수줍게 하면 된다.

그리고 첫 키스는 평생의 첫 키스처럼, 첫 섹스도 평생의 첫 섹스처럼 굉장히 수줍은 모습을 보이는 것이 좋다. 나는 절대 의도한 것이 아니었으나, 남편과의 첫 키스에서 너무 떨려서 숨넘어갈 뻔했다. 남편이 첫 키스냐고 물을 정도. 뭐, 그건 요즘도 그런 것 같다. 두근두근! 쿵쾅쿵쾅!

결론은 섹스와 결혼을 연관 짓지 마라. 그냥 손잡는 거랑 똑같다. 무슨 말이냐면 결혼을 결심했다고 섹스를 한다거나, 섹스를 했다고 결혼을 결심하지 말란 말이다.

'나 이 남자랑 결혼하고 싶다. 이제 손잡아도 되겠어'라고 생각하고 손잡는 거 아니잖아?

'나 이 남자랑 손잡았으니까, 이 남자랑 결혼할 거야' 이런 생각하는 사람도 없겠지? 만약 있다면… 아! 진짜 욕하고 싶다. ^^

섹스하고 나서 남자가 식었다? 그럼 헤어져라. 그런 놈 붙잡아서 결혼해서 애 낳고 싶나? 잘도 평생 행복하겠구만.

섹스하고 나서 남자가 식는 경우 3가지

1. 진짜 섹스가 엉망이었다.
   ① 가슴 뽕에 실망했다.
   ② 허공에 삽질하는 기분이었다.
   ③ 돌부처랑 하는 기분이었다.
   ④ 조용하고 심심했다.

2. 애초에 그냥 궁금해서 해봤을 뿐이다. (알고 보니 원나잇 목적)
   어린 애랑 하면 어떨까? 정도의 가벼운 호기심.

3. 섹스를 했더니, 여자가 매달린다.

이 3가지의 경우 중 하나다. '너무 빨리 허락해줘서 식은 걸까?'라는 바보 같은 고민은 필요 없다. 그냥 했는데 너무 별로였거나, 처음부터 원나잇용(첫인상 5단계 중 3단계)이었을 뿐이다. 좋아하는 사람이랑 섹스하려고 용을 쓰고 지금까지 돈 쓰고 시간 써서 데이트해 놓고, 이제 마음만 먹으면 섹스할 수 있는 여자가 생겼는데 무슨 연유로 헤어지겠는가?

섹스했다는 이유로 식는 게 아니다. 섹스가 얼마나 좋은데 식나? 모순이잖아! 섹스하고 나서 여자가 너무 질리게 행동하니까 질리는 것뿐. 고작 섹스 몇 번 했다고 마치 벌써 결혼한 여자처럼 구니까 말이다. 속박하고, 살찌고, 긴장감이 없어지는 모습. 을의 모습을 자처하고 있는 여자의 모습. 그러지 말자.

그 남자 없어도 당신은 행복할 수 있으니까. '섹스에 과도한 의미 부여를 하지 않겠다'는 전제하에 네가 하고 싶을 때 하면 된다.

P.S 그래도 사귀고 나서 최소한 한 달은 참아보면 안 될까?

06
오르가즘의 필수조건, 나르시시즘

출산 후에도 나의 성욕은 사그라들지 않았었다. 그런데 산후 2개월 정도 지나고 였을까. 현저하게 성욕이 사라진 자신을 마주하게 됐다. 스스로에게 실망스러웠다.

'뭐야! 나, 한국의 사만다 존스 아니었어?'(한국의 캐리를 꿈꾸고 있지만 ~ 둘 다 미드 〈섹스 앤 더 시티〉의 주인공이다.)

왠지 남편과 내가 이젠 정말 한 가족이 된 기분이 들어서 흔히들 말하는 "가족 사이에 왜 이래?" 같은 느낌이 들어서 그렇다고 생각했다. 게다가 아직 아기가 신생아니까 언제 깰지 모르는 불안감과 극도의 피곤함 등의 이유들로 성욕이 사그라들고 있었다. 하지만 나조차 깨닫지 못한 가장 큰 이유를 최근 알게 됐다.

바로 내가 나 자신에 대한 '여자로서의 나르시시즘'을 잃고 있었던 것!

육아 중에 거울 볼 일도 잘 없지만, 어쩌다 보게 된 거울 속엔 앞머리를 한 올도 허용치 않고 까고 있는 넙대대한 얼굴. ㅅ.ㅂ. 아.줌.마.그.자.체.만이 보였다. 육아 중엔 항상 고개를 숙이고 바닥에 있는 아기를 봐야 되기 때문에 앞머리가 상상 이상으로 귀찮아진다.

그래서 기분 전환을 위해 나는 남편에게 아기를 맡기고, 잠시 쓰레기를 버리러 나갔다. 아기에게 정신이 팔려 있던 내가 산후 80일 만에 집밖으로 나간 것이다. 그 잠깐의 외출에 앞서 앞머리를 내리고, 눈썹과 입술을 그리고 거울을 봤다.

아! 여자 같았다.

아줌마가 아닌 여자의 얼굴로 거울을 마주했던 나는 다시 한국의 사만다로 돌아올 수 있었다. 그리고 새삼 깨달았다. 정말 섹스는 정신적인 게 너무나 너무나 중요하다는 것을.

출산 후 섹스리스 부부가 급증하는 근본적인 이유는 '여자로서의 나르시시즘'을 잃었기 때문이다. 이 글을 읽고 있는 미혼녀들도 마찬가지다. 불감증의 근본 원인은 본인에게 자신감이 없어서 일 수도 있다. 남자들은 자신감이 결여되면 아예 발기조차 안 되지 않는가. 그만큼 섹스에서 '자신감'은 중요한 사안이다. 몸매에 콤플렉스가 생기면 없던 불감증도 생긴다.

역시 '행복한 연애'의 필수 조건은 '자신감'과 '자존감'이다. 그러니까 오늘도 어제보다 더 너를 사랑하자.

연애를 글로 배우지 마라

처음 블로그에 글을 쓰기 앞서, 글감을 모으고자 친구들에게 연락을 했었다.

"연애 관련 글을 쓸 건데, 어떤 주제가 있을까?"

여러 가지 의견들 중 '연애를 글로 배우지 마라'가 있었다.

'뭐야, 연애 관련 글을 쓴다니까'라는 생각이 들었지만, 일단 메모했다.

그 후 블로그에서 계속 글을 쓰고 상담을 받다 보니 다시 저 말이 생각났다.

연애를 글로 배우지 마라.

이 문구가 공감이 안 됐던 이유는 나는 이미 실전으로 연애를 다 배운 상태에서 뒤늦게 연애 책 몇 권을 봤기에 '아, 역시 모든 답은 책에 있었어'라며 책에 많은 공감을 할 수 있었기 때문이었다.

그리고 나에게 상담을 요청하는 모쏠녀들을 생각해봤다. 처음부터 상처받기 싫어서 주저주저하는 모습들을. 그러지 마라. 흑역사는 어릴 때 만들수록 무조건 좋다.

지금이 당신의 가장 어린 순간이다.

오늘이 내 인생에 제일 젊은 날이다.

흑역사를 두려워 말고 〈연애오답노트〉를 쉬지 말고 차곡차곡 적어나가라. 실전을 통해 깨지면서 배우고, 내 글을 보면서 반성하라. 내가 글을 쓰는 이유는 흑역사를 처음부터 무조건 피하기 위함이 아니다. 흑역사를 시작하되 200일 이상 절대 지속하지 않도록 설득해서 '얼른 헤어지세요'가 키포인트다.

그래서 '1교시 시작'에 관한 첫 번째 글이 '모태솔로에게 전언—뭐든 처음이 어렵다!'였고, '6교시 이별'에 관한 첫 번째 글이 '헤어져라'였다. 일단 얼른 '시작'을 하되, 아니다 싶은 관계는 빨리 '끝'을 보라는 이야기다. 사랑의 시작은 가슴을, 그 끝은 머리를 따르라.

나는 흑역사가 아주 많다. 그렇기에 늘 친구들의 상담을 덤덤하게 받아줄 수 있었다. 이미 모두 내가 해본 뻘짓들이니까.

나는 〈연애오답노트〉가 너덜너덜해질 때쯤 남편을 만났다. 절대 놓쳐서는 안 된다는 생각 하나로 달려서 6개월 만에 결혼을 했다. 그런 '선택'을 하게 만든 것은 나의 '과거' 덕분이었다. 남편이 결혼이라는 내 '선택'에 결국 동의하게 된 것도 남편의 '과거' 덕분이었다.

현재의 가슴 아픈 연애사가 '과거'가 되는 것을 두려워 마라. 그 과거가 켜켜이 쌓여서 당신은 더 좋은 사람이 되어서 더 좋은 사람을 만나게 되고, 언젠가는 당신이 정말로 올바른 '선택'을 할 수 있게 해줄 것이다.

그런 점에서 사랑은 여행과 닮았다. 사랑이 끝날쯤 비로소 내가 누군지 알게 된다. 그리고 또 다른 여행을 기다린다.

Be brave and Bon voyage, girls ♡